periscopi

TRUCANT A LES PORTES DEL CEL

PREMI EDEBÉ
DE LITERATURA
JUVENIL

JORDI SIERRA I FABRA

TRUCANT A LES PORTES DEL CEL

PREMI EDEBÉ
DE LITERATURA
JUVENIL

edebé

Obra guanyadora del Premi Edebé de Literatura Juvenil segons el veredicte del jurat format per: Xavier Brines, Teresa Colomer, Anna Gasol, Rosa Navarro i Robert Saladrigas.

Títol original: *Llamando a las puertas del cielo*

www.sierraifabra.com

Passeig de Sant Joan Bosco, 62
08017 Barcelona
www.edebe.com

Directora de la col·lecció: Reina Duarte
Disseny de les cobertes: César Farrés
Fotografia de coberta: Corbis
Traducció: Raquel Solà

3a edició

ISBN 978-84-236-8149-1
Dipòsit Legal: B. 9876-2009
Imprès a Espanya
Printed in Spain
EGS - Rosari, 2 - Barcelona

A tots els que hi són,
i hi creuen,
i, fins i tot, donen la seva vida per això.

Índex

TERCERA PART

Pròleg

Quan fas una elecció, canvies el futur.
(Frase de l'embolcall d'un caramel,
Medellín, Colòmbia)

Li havien dit que, fins i tot abans d'aterrar, començaria a aprendre. I així va ser.

Abocada a la finestreta de l'avió, amb la sorpresa de qualsevol iniciada, va contemplar l'extensió de Bombai i els seus contrastos, reflectits de manera directa i contundent ja d'entrada. Contrastos com el del camp de golf que es veia des de l'avió a causa de la poca alçada a la qual volava en la seva maniobra d'aproximació a la pista, en què només una tanca separava l'abisme de dos mons. En una banda homes elegants, vestits adequadament per a l'ocasió, jugaven amb els seus somriures perfectes i els seus ulls clars. La verdor de la gespa era pura en aquell espai obert i cuidat. A l'altra banda de l'alt mur vegetal, en canvi, s'arraïmava la misèria en forma d'habitatges petits, diminuts, si és que l'ús d'aquest terme no resultava massa eufemístic, perquè es tractava simplement de refugis adossats a la tanca, formats per cartons i restes d'altres matèries apilonades en un caos simètric. Només servien per guarir-se i romandre estirats al seu interior, sense cap altra possibilitat; tanmateix, desenes de persones es movien al voltant del seu entorn ple de vida o treien el cap ara pels forats que hi havia al davant per veure la proximitat de l'enorme *jumbo* que procedia d'un món desconegut i irreal per a ells. Un món tan llunyà com la Lluna ho és de la Terra.

Tot va ser molt ràpid.

Amb aquest cop a la retina, després que l'aparell aterrés, va baixar i es va enfrontar al segon cop, l'esperat.

Les olors.

—Allà tot és diferent, però sobretot ho són els colors i les olors —li havien dit.

Va omplir els pulmons d'aire i va fer els primers passos per l'Índia.

El trajecte fins a l'hotel va ser una prolongació del seu atordiment inicial. La son pel canvi d'horari, la commoció, l'adrenalina disparada a les venes i a la ment, despertar i la primera immersió en aquella cultura del bigarrament. Va veure els cartells de les noves pel·lícules produïdes per Bollywood, amb actors i actrius somrients que cantaven en silenci des de les altures. Va contemplar les primeres vaques instal·lades impunement al bell mig d'alguns carrers, malgrat que es tractava d'una gran capital. Es va sorprendre amb la barreja d'éssers humans mesurats per un mateix patró comú, però que oferien una mostra de l'extrema versatilitat ambiental del país.

—*First visit to India*? —li va preguntar el taxista, xampurrejant anglès.

—Sí..., *yes.*

El seu primer indi d'ulls brillants, bigoti bru, somriure obert.

El Taj era impressionant. L'hotel més gran i més luxós en el qual mai no havia estat. La seva última concessió a la comoditat abans de partir l'endemà cap a la seva destinació, primerament en avió, després en cotxe. Davant de l'hotel, la Porta de l'Índia, amb la seva monumentalitat, la va saludar de la mateixa manera que saludava els visitants que, antigament, arribaven per mar a la ciutat.

Va ser l'última sotragada.

En el moment de tancar la porta de la seva habitació i quedar-se sola, va recordar Bill Murray en la pel·lícula *Lost in translation.* Aquella imatge inicial, en la qual l'actor, assegut al llit, mirava el buit, en sentir-se tan perdut a Tòquio com ella se sentia allà.

En la pel·lícula només era un pla, durava amb prou feines uns segons.

Ella s'enfrontava a tota una nit.

I allò no era res més que el començament de la seva aventura.

Així que es va posar a plorar, plena de por, d'incerteses, de solitud, tot demanant-se un cop més si, lluny de fer el que havia de fer, allò que sentia, no feia altra cosa que fugir de tot.

Fins i tot de si mateixa.

PRIMERA PART

La diferència entre la pobresa i la riquesa són 8 hores de vol i 50 anys d'història.

Tomàs Martí Huguet

Capítol u

Quan el cotxe va enfilar la recta final, en direcció a l'edifici de governació, va fer sonar el clàxon un sol cop. N'hi va haver prou perquè la doctora Roca sortís a l'exterior embotida en el seu uniforme blanc, una taca de puresa en aquell marc format pel color ocre de la terra i l'exuberància de la vegetació que l'envoltava.

La Sílvia la va observar amb atenció, encuriosida.

N'havia sentit a parlar, d'ella, i molt. Però ara, per fi, la tenia davant seu. En va tenir prou amb una ullada per adonar-se que les paraules no eren sinó pàl·lids reflexos d'una realitat. La seva fama la precedia, però va ser suficient de veure-li els ulls i mirar-li les mans. Ulls determinants. Mans de lluita.

L'Elisabet Roca era tota una dona, en la major i millor dimensió de la paraula. Li va calcular entre quaranta-cinc i cinquanta anys, tot i que seria més probable la segona xifra que la primera. Alta, corpulenta, forta, de mentó quadrat, ulls nets, cabells ja de color grisós recollits en una trena ben feta, i de cos ferm. Inspirava força. Donava credibilitat al conjunt de petits edificis que formaven el centre, després d'aquell llarg camí en cotxe a través de l'Índia més profunda. Gairebé semblava com si, de cop i volta, sense aquella presència, tot allò no fos altra cosa que un decorat irreal.

En baixar del vehicle, es va trobar els seus braços oberts, un somriure cordial de salutació i un collar de flors.

—Benvinguda a l'RHT —va pronunciar les sigles en anglès; després va ajuntar les mans, va inclinar el cap i va pronunciar la salutació índia—: *Namaste.*

—*Namaste.* Gràcies.

No li va donar la mà. No va poder perquè es va veure embolcallada pels seus braços i va sentir la pressió en el seu cos. Una pressió càlida i vital que li va transmetre tota la confiança que li mancava en menys dels tres segons que va durar. Quan va acabar, es va trobar amb el seu somriure i aquells ulls transparents.

—Cansada?

—No —va mentir.

—Doncs, n'hauries d'estar, malgrat els teus insultants dinou anys de fortalesa —va accentuar el seu somriure franc—. El vol des de Bombai no és res, però totes aquestes hores en cotxe i per aquestes carreteres... Oi que se t'han posat els pèls de punta?

Va haver de reconèixer que sí. Els cotxes, sobretot els camions, circulaven pel mig de les carreteres estretes i en tots dos sentits. I no reduïen la velocitat, fins que la topada semblava inevitable. Llavors, com seguint una sincronització perfecta, cada vehicle s'apartava el just per creuar-se, i deixava també l'espai just entre ells i les persones que caminaven de forma incessant pels vorals, immutables davant del perill.

Era l'equilibri del miracle.

—Sigui com sigui, tant és —el to de veu era comminant—. Avui t'ho agafes amb calma i demà ja veurem. Ja sé que tens ganes de començar i estàs disposada a treballar i penses que el temps apressa i... —va moure el cap d'una banda a l'altra amb un deix de cansament resignat—. Oblida-ho, d'acord? Això és un xoc, un gran canvi. Primer avís, però no consell: calma. No per voler córrer i aprofitar el temps ens ajudaràs més. Aquí el temps compta en la mesura que serveixi per alguna cosa, no per la quantitat.

—Molt bé.

—T'acompanyaré a la teva cambra. I fixa't bé que en dic cambra i no habitació —va mirar el conductor i va ordenar—: Equipatge!

No era gaire. Una maleta amb les coses imprescindibles i una bossa de mà. Ho hauria pogut agafar ella, però ho va fer l'home sense protestar. Les va seguir pel terra polsós fins a un entramat de casetes i cabanes ubicades a la part més frondosa i allunyada del camí principal.

—Estaràs sola —la va informar l'Elisabet Roca—. Els bungalous, la majoria, són per a dues persones, però ara mateix ens manca personal i sent la teva primera experiència m'estimo més que gaudeixis d'una mica d'intimitat.

—Bé —no va saber què dir.

—Aquesta nit quan sopem ja parlarem.

Ja hi havien arribat. La doctora Roca va obrir la porta, i ella va treure el cap al lloc que seria la seva llar durant aquelles setmanes d'estiu.

Quatre parets, un jaç amb la mosquitera lligada al capdamunt, un prestatge, una taula, una tovallola i una cadira.

—Fantàstic, oi que sí? —li va estrènyer l'espatlla l'Elisabet Roca.

* * *

Va trigar molt poc a desfer la maleta i guardar al prestatge la roba, tota còmoda, sense cap peça luxosa. I encara menys a disposar els seus estris de neteja personal en un costat de la taula. La porta no tenia pany. Va pensar a donar la seva documentació i els diners a la doctora Roca, perquè els hi guardés, però en aquell moment mateix va trobar que aquell simple atavisme occidental la situava fora de la realitat.

Havia anat allà per ajudar.

I l'RHT semblava el lloc més segur del món.

No tenia son i se sentia excitada. Havia dormit profundament des de la seva arribada al Taj de Bombai. Al matí només va tenir temps de fer una breu passejada en taxi, caminar per l'estació, menjar alguna cosa i tornar a l'aeroport per agafar el vol fins a Mysore. La resta, les més de quatre hores en cotxe a través de la intensitat de l'Índia del sud, ja formava part d'aquella primera memòria cisellada amb aquell canvi aclaparador. Volia desprendre's, com més aviat millor, de l'últim vestigi occidental, treure's del damunt aquella pell que, de sobte, la molestava.

Necessitava tant veure l'exterior per ofegar el seu interior mateix!

Des de la finestra es veia el llac, molt gran, tan plàcid que el cel blau esquitxat de núvols blancs s'hi reflectia igual que en un mirall, produint un efecte de duplicitat màgica. A l'esquerra, s'iniciava l'ampla corba que el tancava per aquell costat, retallant la costa frontal a poc més d'un quilòmetre, a tot estirar. A la dreta es prolongava en forma de fesol, exactament com el recordava en els mapes de la zona examinats amb veritable devoció a Barcelona.

Potser podria anar en barca per allà.

Potser.

Va tornar a la porta i la va obrir. Es va recolzar en el marc per inspeccionar la seva nova llar temporal amb una mica més de calma. El Rural Hospital Trust, el formaven diverses construccions amalgamades en una zona àmplia que vorejava el llac pel sud i seguia una mica la carretera pel nord. L'entrada i l'esplanada central dividien el conjunt en dues parts, amb els edificis de l'hospital flanquejats per improvisats jardins en els quals creixien les plantes, i els menjadors, les cuines i el teatret eren a la dreta. Les dependències del personal i les oficines, tret de la de l'entrada, tancaven la U per la part baixa. Tal vegada per l'hora que era, el moviment era mínim. Aviat es faria de nit i la principal atenció mèdica s'havia de portar a terme al matí, des de la sortida del sol.

Hi havia tanta pau...

Pau en un món de dolor representat per la silueta del centre mèdic.

La Sílvia va pensar en casa seva, la seva habitació, els seus luxes i les seves comoditats. I, per extensió, en els seus pares, sempre ells.

Escoltava les seves veus. Sobretot la d'ell.

—L'Índia? De cooperant? Estàs boja? És que vols perdre tot un estiu per la teva estúpida vena solidària? És aquí, treballant, com pots ser solidària! Allà ja hi van els altres, els qui no hi tenen cap més remei, però tu...!

Els altres.

Per què no s'havia atrevit a dir al seu pare que el que més desitjava, a part de seguir la seva vocació i el seu instint, era allunyar-se el màxim possible de la seva grandiosa estrella per respirar, per no sentir-se esclafada pel seu pes?

I no tan sols era el seu pare.

També hi havia l'Artur.

Un estiu per treballar, pensar, formar-se, aprendre, canviar, trobar-se a si mateixa. Molts necessitaven una vida per a totes aquestes coses. Ella només disposava d'una espurna de temps.

Amb tota la urgència, empenyent-la pel darrere, i la penombra del futur més incert pel davant.

* * *

La veu de la seva mare, a milers de quilòmetres de distància, li va arribar exactament igual que si estigués asseguda al bungalou del costat.

—Hola, sóc jo.

—Nena! —l'esclat va ser més emocional que de sorpresa—. Ja has arribat?

—Sí.
—Explica, com és tot això?
—Encara no li he agafat el pols. Acabo d'aterrar. Ara soparé amb ella i m'ho explicarà, suposo.
—Com és?
—Respon a la llegenda —va reconèixer—. Sembla tot un caràcter.
—Si més no, sé que estàs en bones mans.
—Mama...
—Ho sento, nena —va sospirar la dona—. Tu et sents molt gran i tot el que tu vulguis, però, per a mi, només tens dinou anys. A la teva edat jo només havia anat a París, Londres, Roma i Nova York.
—Doncs és molt més del que jo he viatjat —li va recordar.
—Em refereixo que una cosa és viatjar per Occident i una altra...
Ja n'havien parlat, de tot allò, però hi insistia, que per alguna cosa era la seva mare. Potser l'Elisabet Roca era tot un caràcter, com acabava de dir-li, però ella, la Cristina Olivella, no li anava pas al darrere. La seva reputació no era pas en va.
—Mama, el mòbil aquí no té cobertura, així que no val la pena que em truquis.
—Ves per on!
—Ja et trucaré jo de tant en tant, d'acord?
—Però dóna'm el número d'aquest lloc, no?
—Mama, això és un centre mèdic, no estan per trucades personals.
—Tranquil·la, que no t'atabalaré.
—Bé, només t'ho recordo. Espera.

Li va donar el número i va esperar pacientment que se l'anotés. L'última pregunta li va pesar més a l'ànima que als llavis, però no li va quedar més remei que formular-la.

—Que hi és, el papa?

—A aquesta hora? No, dona. Jo he vingut abans per si trucaves.

Se'n va alegrar. Se'n va alegrar molt. Encara que únicament fos per dir-li hola captaria el seu pesar, el ressentiment que l'embargava, aquella sensació de pare frustrat que la faria sentir com una mala filla, capaç de torçar els designis de la seva voluntat d'una manera tan arbitrària. L'eminent cirurgià Rossend Prats no canviaria mai.

I el temia. I això era el pitjor.

—Bé, digues-li que estic bé. Ara he de penjar.

—Espera...

—Mama, hi ha gent fent cua per trucar —va mentir.

Es va sentir un sospir profund a l'altre costat de la línia.

—Cuida't, Sílvia —li va desitjar la seva mare.

—Estic bé, mama —va insistir ella—. Per primera vegada a la vida estic realment bé i amb moltes ganes de fer alguna cosa, ho entens, oi?

* * *

L'Elisabet Roca va alçar la seva copa de vi i la va mantenir així, enlaire, fins que ella va fer el mateix amb la seva. Les van fer xocar amb un suau dring que va acompanyar els seus somriures d'ànim.

—Benvinguda, Sílvia —va expressar la dona.

—Gràcies.

Van beure un glop i van deixar les copes damunt la taula. N'ocupaven una d'individual, en un angle del menjador comunitari. La majoria del personal era autòcton. Sabia que l'observaven amb curiositat, per ser la nova i també per ser tan jove.

O tal vegada per alguna cosa més.

—Ets molt bonica —la doctora va posar el dit a la nafra.

—No —va arronsar les espatlles amb desgrat.

—La bellesa es un do, no una càrrega —l'Elisabet va arrugar el front—. Tanmateix, s'ha de saber portar.

—De petita, m'espantaven tant amb això —va fer un gest ambigu—. Era com si pel fet de ser maca ja no pogués fer res més. Quan vaig dir que volia estudiar Medicina, per vocació pròpia i no per la pressió dels pares, més d'un no s'ho creia.

—Però vas ser model.

—No! Només ho vaig fer per recaptar fons per a una ONG.

—Llavors m'han informat malament.

—Qui li va dir això?

—No ho sé, venia amb la teva documentació, amb el currículum... —va canviar de tema ràpidament—. Au va, explica'm, què et va semblar Bombai?

—Aclaparador.

—Oi que sí? —es va esgarrifar de plaer, com si acabés de dir-li alguna cosa excitant—. Vas anar a l'estació de tren?

—Sí.

—Tres milions de persones al dia, t'imagines? És d'allò més impressionant.

—No m'estranya que quan hi ha un accident morin tres-centes persones, van bigarrats per dins i per fora.

—A l'Índia tot és excessiu, la vida amb majúscules. No hi ha un país amb tants contrastos a la capa de la Terra. El *Yin* i el *Yang* de la supervivència, el millor i el pitjor aquí es donen la mà. T'asseguro que enamora, tret que no tinguis ulls per veure-hi ni cor per sentir-hi.

Va esperar una resposta per part seva.

—Suposo que per aquesta raó sóc aquí —i li va explicar per què—. Tenia l'opció d'anar a l'Àfrica, però vaig preferir venir a l'Índia.

—Parla'm una mica de tu mateixa.

—No hi ha gaire cosa per explicar, de debò.

—Per començar, per què has volgut venir com a voluntària?

—Ho necessitava.

—Llavors te n'hauries d'anar de seguida. Aquí, els qui ho necessiten són ells —va assenyalar el món que hi havia darrere d'aquelles taules.

La Sílvia es va posar vermella.

—No m'interpreti malament, si us plau.

—D'acord, continua —la va invitar.

—Vostè sap de qui sóc filla.

—Rossend Prats, un dels millors cirurgians plàstics de Barcelona. Cristina Olivella, una eminència en el seu camp.

—Li sembla poc?

—Però m'has dit que vas voler fer Medicina per vocació i no pas perquè ells et forcessin.

—Els meus pares no volien que jo fos metgessa. En això són de la vella escola. Pensaven que el metge havia de ser el meu germà Jordi.

—I ell no...?

—No.

—Llavors què esperaven de tu?

—No ho sé, no n'estic gaire segura. Potser que sortís economista o alguna cosa així.

—Vaig quedar força impressionada amb el teu expedient —va afirmar la doctora Roca—. Notes altes, facilitat per als estudis, vas començar un any abans del que és normal i, a més, vas fer dos cursos en un... Deu ser genètic, m'imagino.

—També ho és la rebel·lia. El que passa és que els meus pares la van oblidar pel camí, per l'èxit.

—Ja veig que hi ha crisi generacional.

—Doctora Roca...

—Per què no em dius Elisabet?

—Gràcies.

—Continua. Què m'anaves a dir?

—Doncs anava a dir-li que sóc aquí perquè no em veig com a metgessa de la gent rica, ni operant persones que poden pagar una milionada perquè els ho faci. Tal vegada sóc una romàntica i potser encara crec en utopies, però sempre he vist el món com un lloc necessari per a tots. Un lloc en el qual desitjo aportar alguna cosa, encara que sigui perquè jo tinc la sort de tenir alguna cosa per aportar.

—Això és digne d'admiració, però tots busquem el nostre camí en l'adolescència i la joventut i no sempre els motius que ens guien són els més clars. De vegades, més que buscar, el que es fa és fugir, escapar dels nostres fantasmes. Hem de començar per saber el perquè dels nostres actes; i, quan ho descobrim, actuar en conseqüència.

—Que potser pensa que els meus motius no són els que crec que són?

—Això és el primer que hauràs de descobrir tu mateixa, estimada. En qualsevol cas, com a metgessa i com a dona, m'alegro que siguis aquí. Sé que treballaràs dur i que ho faràs bé. El meu únic consell —va posar mala cara en afegir el que li volia dir—: odio donar consells però aquest és necessari, és que vagis amb compte amb l'Índia.

—Per què?

—Canvia les persones. De dalt a baix. L'Índia és poderosa, així que vés-hi amb compte. I més si ets vulnerable.

Ho era. Així que es va estremir íntimament, com si un alè d'aire gelat li hagués recorregut l'espina dorsal, malgrat la calor i la humitat que feia que la roba se li enganxés al cos.

* * *

Feia una nit preciosa, plena de silencis múltiples, perquè s'adonava que allà no hi havia un silenci únic, sinó una infinitat. El silenci de la jungla del sud, el de l'hospital, el del llac...

—Quan fa que vostè és aquí? —el va trencar la Sílvia.

—Vaig arribar amb més o menys la teva edat. Fa trenta anys.

—Caram! —va sospirar ella.

—No m'hi vaig quedar tot d'una. Vaig acabar els estudis, em vaig casar, no vaig tenir fills, vaig enviduar... Però, sigui com sigui, vaig tornar per quedar-m'hi. Llavors no hi havia res de tot això. I no em refereixo només a l'hospital, la fundació, les ONG actuals i tota la resta. El que no existia era la consciència social que ens permet treballar ara, encara amb moltes limitacions, però amb plenitud. Nosaltres encara no som la Fundació Vicente Ferrer d'Anantapur, a Andhra Pradesh, que és l'estat més desèrtic després del Rajasthan. El sud de l'Índia és verd, però igualment pobre. Nosaltres som el que som, però complim. Rebem el just i, encara que sempre en faria falta més, ens les apanyem. Ajudem en alguna cosa més que curar els cossos. Una part del treball es canalitza en l'educació a través de la creació d'escoles i tallers de formació professional; una altra en les associacions de dones, que són el veritable motor econòmic; també ajudem a construir habitatges, donar llavors, oferir una vida millor als minusvàlids, a obrir pous d'aigua... L'ecologia és el camí per acabar amb la pobresa. Treballem amb unes xifres ridícules a Espanya, però impressionants pel que fa a aquestes contrades.

—Com quines?

—Construir una escola val només sis mil euros, i una casa mil dos-cents. Una màquina de cosir en costa seixanta. La dificultat és que, a l'Índia, vint de cada cent persones viuen per sota el llindar de la pobresa. I parlem de mil milions de persones que parlen 70 idiomes oficials i mil dialectes, que encara tenen castes, que casen les seves filles mitjançant matrimonis concertats... —el seu rostre es va omplir de serenor abans de continuar parlant—. No es pot entendre l'Índia, és impossible, són massa contrastos. Se l'estima i ja està. Però suposo que és això el que la converteix en una cosa viva, màgica. Tot el que hi diguis a favor i en contra és cert. És un país ric en recursos naturals i, no obstant això, la pobresa hi és endèmica. És una nació desenvolupada, tecnològicament avançada, especialment pel que fa a la informàtica, la recerca espacial, la construcció d'avions, l'energia nuclear i molts altres camps. És un país fort, amb una renda per càpita important. És la quarta economia mundial i, militarment, el tercer país més important. A Espanya tenim quatre llengües oficials i sempre estem a mata-degolla, desconfiant els uns dels altres. Aquí hi ha una unitat que ja voldríem nosaltres. En moments de crisi s'uneixen així —va tancar el puny—, però també hi ha divisions notables. L'Índia és tot un món. Totes les grans religions existeixen aquí i almenys tres van néixer en aquesta terra. Hi ha gent de tots els colors i de moltes cultures, però és la nació per antonomàsia, sòlida, ferma. Per això ells l'anomenen «Mare Índia». I sí, potser et parlo des de la passió, però fa massa temps que sóc aquí per no estar apassionada. T'explico una cosa?

—És clar.

—En la meva primera estada, un dia, en sortir d'un temple, em vaig veure envoltada per un centenar de leprosos que em demanaven almoina. Estava sola i em van agafar de sorpresa. Sé que la lepra no s'encomana, però, quan els vaig veure, destrossats per la manca de carn, sense llavis, sense mans... La meva primera reacció va ser engegar a córrer. La segona donar-los alguna cosa. No vaig córrer, vaig superar la por i m'hi vaig quedar. Però la segona opció... Eren cent! Què podia fer jo?

—I què va fer?

—Res —no va sonar a derrota, sinó a realitat—. Però va ser la meva primera lliçó pràctica. Vaig canviar uns dòlars en monedes i l'endemà vaig tornar al mateix lloc. Els vaig organitzar i els vaig donar unes monedes a cada un.

—Així que l'única cosa que cal és ordre.

—No —va somriure l'Elisabet Roca—. Calia tenir aquells dòlars per canviar-los per monedes i, per descomptat, l'ànim de voler tornar l'endemà.

Captà la intenció, però no es va posar a riure. La qüestió era massa seriosa.

—De nena ho passava molt malament —va confessar la Sílvia—. Quan veia les desgràcies a la *tele*...

—Volies canviar el món.

—Sí.

—El món no el canviarà mai ningú —va reflexionar la dona—. El que és important és fer alguna cosa allà on siguem nosaltres.

—Pensa globalment, actua localment —va repetir el vell lema.

—Tens nòvio? —la va sorprendre amb la pregunta. Es va posar vermella sense poder fer-hi res.

—No ho sé.

—No ho saps?

—Tinc algú, però la paraula nòvio...

—Què en diu, ell?

—M'anomena Miss ONG.

—Ho entenc.

Tot passejant havien arribat a la vora del llac. A l'altre costat, s'hi veien alguns llums. Sota el cel profundament estrellat, la immobilitat ambiental era absoluta. La Sílvia va respirar aquella flaire embriagadora. Encara sentia vestigis occidentals enganxats a la pell, però s'adonava que tot allò que l'anava empenyent cap endavant els hi anava tallant, igual que un ganivet que modelés la seva nova forma. I era com un vertigen. A Barcelona s'imaginava ella mateixa a l'Índia vestint un sari de color vermell o verd, amb el seu tercer ull al front. Allà, a la seva casa de Sarrià, potser era una disfressa, com quan de petita es vestia sempre de qualsevol cosa per deixar de ser ella mateixa. A l'Índia, tanmateix, no hi havia disfressa possible.

Va sentir l'embriagadora influència de tot allò que la sublimava cap amunt.

—Això és real, Sílvia —va escoltar la veu de la doctora Roca al seu costat—. Ho has de tenir ben present. Aquí la gent pateix i es mor de veritat. Tu tens un bitllet de tornada. Ells no. Ells neixen, viuen i moren aquí.

Sabia de què li estava parlant i encara no havia començat a treballar.

* * *

Va tancar la mosquitera i es va quedar asseguda al llit.

Les vacunes, la pastilla contra la malària, el canvi d'aigua i de menjar... Sabia que el còlic inicial no l'hi estalviaria ningú. Seria qüestió de dos o tres dies. Potser més.

Sortir de l'habitació per anar al lavabo era tota una odissea.

Va pensar en el que havia parlat amb l'Elisabet Roca i, a continuació, va pensar en l'Artur.

Més de dos mesos separats. Per primera vegada. Potser allò seria millor. Distanciar-se per considerar els pros i els contres. Podia existir l'amor entre dues persones que tractaven de canviar-se l'una a l'altra? Si ell era incapaç de veure el que veia ella i de provar de sentir el que sentia ella...

Miss ONG.

Li havia fet tant, tant de mal, aquella expressió.

Es va deixar caure damunt del llit, d'esquena. Hauria de sortir abans o després per fer les seves necessitats, de nit, recoberta de líquid antimosquits. Ara només li faltaria posar-se malalta.

Necessitava tant guanyar aquella batalla.

Mai no havia estat tan sola i, tanmateix, mai no s'havia sentit més feliç.

Esporuguida, nerviosa, agitada..., però feliç.

Va tancar els ulls.

L'endemà al matí començaria realment a...

Ni tan sols s'adonà quan es va adormir.

Capítol dos

La mà que la sacsejava suaument es va aturar quan va veure que ella obria els ulls.

—Bon dia, sí?

Era una noia índia, una adolescent, setze o disset anys, encara que ella no era gaire bona calculant edats. Vestia una camisa de flors gastada que havia perdut la seva brillantor ja feia molt de temps i una faldilla fins als turmells que li havia quedat curta almenys un any abans. El seu somriure era diàfan, de dents blanques, però li faltava un ull i això espatllava completament el que, malgrat tot, era un rostre bell. Portava un *piercing* a la part dreta del nas. Un petit punt brillant.

—Bon dia.

—Dic Viji —es va presentar—. Jo ajudo aquí. Tu, nova. Sí?

Parlava un català prou correcte dins del que es podia esperar. Tan o més correcte com podia ser el seu anglès acadèmic i sempre mancat de pràctica. Un anglès que amb prou feines li havia servit des que va posar un peu a Bombai, per la manera com l'utilitzaven ells. Per la finestra va veure la primera albor del matí despuntant més enllà dels arbres.

—Jo sóc la Sílvia, Viji.

—Sílvia —ho va pronunciar fent lliscar la essa.

Va saltar del llit animada i es va acostar a la finestra. El llac era, un altre cop, un mirall. La fascinava. Podia passar-se hores contemplant-lo. De reüll va veure com la Viji ja li feia el llit.

I una cosa més.

No era només la manca d'un ull. També coixejava.

—Deixa, ja ho faig jo.

—Si fas tu, jo res —va argumentar, categòrica.

Al damunt portava una samarreta blanca i uns pantalons curts de color groc. La Viji va refusar mirar-la directament. La Sílvia no sabia si podia molestar-la la seva aparent nuesa, que al cap i a la fi no ho era, però no s'havia emportat cap bata ni res de semblant.

I havia d'anar al lavabo amb urgència.

Va agafar el seu necesser i la tovallola i es va disposar a sortir a l'exterior. Tan bon punt ho va fer es va trobar amb una figura masculina, a uns deu metres, davant dels bungalous, practicant un exercici de tai-txi. Estava d'esquena.

Va apreciar el seu cos, despullat de cintura en amunt, bellament modelat tant per la disciplina i el treball com per la seva joventut.

I no era indi, sinó occidental, com ella.

Vacil·là un segon i amb això n'hi va haver prou. El jove es va girar i els seus ulls es van trobar per primera vegada. Li va calcular uns vint-i-poquets, atractiu, de cabells negres i abundants, amb una barba incipient que enfosquia les seves mandíbules tot i que li faltava molt per tenir-les ben poblades.

La Sílvia es va oblidar de la seva urgència.

Fins i tot que anava en pijama.

Una samarreta i uns pantalons curts eren tan dignes i decents com qualsevol altra cosa.

L'aparegut es va quedar rígid, un segon, dos, mantenint la seva postura amb un braç estès i l'altre per damunt del cap, amb les cames arquejades i el cos inclinat cap a l'esquerra.

—Hola, Leo —el va saludar la Viji per darrere la Sílvia.

* * *

Gairebé no hauria sabut què fer si no s'hagués presentat l'Elisabet Roca en aquell moment.

—Bé —va dir amb un cert entusiasme—, veig que ja us heu conegut.

—En realitat no —va manifestar la Sílvia—. Acabo de sortir de...

El desconegut anomenat Leo va caminar fins on era ella. Tenia el tors tot suat per l'esforç, malgrat que era aviat. Va estendre la seva mà dreta i res més.

Els seus ulls eren freds, fins i tot durs. Els seus llavis formaven un rictus horitzontal que no mostrava ni alegria ni curiositat, només una marcada indiferència.

—Leo.

—Sílvia.

Es van donar la mà i les van estrènyer amb força. No va refusar el lleu pugilat i va aguantar la pressió del seu company. L'Elisabet Roca es va aturar al seu costat i els va abastar amb un somriure d'orgull que ells no van captar perquè continuaven mirant-se als ulls, desafiant-se.

Tot molt ràpid i intens.

—Vas arribar molt tard? —li va preguntar la doctora.

—A mitjanit.

—Tot bé?

—Sí, després passaré a veure-la per informar-la.

—Com et vaig dir, la Sílvia em donarà un cop de mà personalment —va col·locar la seva mà sobre l'espatlla de la noia—. Però ja saps que aquí tots servim per al que faci falta. Espero que sigueu bons amics.

—És clar —va assegurar ell.

El to era sec, metàl·lic.

—Adéu, Leo. Bon dia —la Viji va passar molt a prop, mig coqueta, mig vergonyosa, fixant en el noi el seu únic ull mentre el seu cos caminava seguint el ritual imposat per la seva coixesa—. Bon dia, doctora Roca. Bon dia, Sílvia.

—Jo... anava al bany —va recuperar la seva oblidada urgència.

—Esmorzarem d'aquí a cinc minuts —la va apressar l'Elisabet Roca.

L'escena es va fragmentar. La Viji caminava cap a l'hospital, la doctora es va girar per dirigir-se als menjadors, la Sílvia va fer el mateix cap al lavabo. L'únic que va romandre immòbil va ser en Leo.

Va sentir els seus ulls durs, més i més freds, pas a pas, fins que va entrar als lavabos adossats als bungalous.

Quan hi va haver arribat, l'estranya animadversió

que sentia per en Leo va fer que es demanés si era una reacció natural davant l'hostilitat que havia percebut en ell o si es tractava d'una mera qüestió de pell.

Tant una raó com l'altra la van desconcertar, perquè mai no li havia succeït res de semblant. Ni tan intens.

* * *

Allà, el temps sempre apressava, així que no el va perdre amb embuts.

—Qui és aquest Leo?

—Un cooperant, com tu, però és realment bo en el seu camp, l'oftalmologia. Aquí importen poc els títols acadèmics, tot i que al cap i a la fi són necessaris. En molts països del Tercer Món la qüestió ocular és prioritària.

—Per què?

—Vols una lliçó ràpida? —es va disposar a donar-la-hi sense esperar la seva resposta—. Mira, els principals problemes oftalmològics en els països considerats del Tercer Món es deriven de la manca de recursos, de l'escassa higiene o dels mals endèmics que assolen les seves gents. El tracoma és un dels més estesos. Es tracta d'una conjuntivitis causada per un germen de la família de les clamídies i transmesa per les mosques. Els nadons de poques setmanes s'infecten ràpidament a partir dels seus germans. La conjuntivitis s'inflama i apareixen les lleganyes. Quan els petits es toquen, els ulls se sobreinfecten amb altres gèrmens. Així s'inicia el procés cap a la ceguesa. Les infeccions sostingudes al llarg de la infància i la joventut deriven en problemes quan són adults, amb la conjuntiva plena de cicatrius, la qual cosa fa que les parpelles es contreguin cap a l'ull i les pestanyes ratllin la còrnia. Al final, la còrnia es torna opaca i es perd la visió. Per eradicar el tracoma només es necessita aigua, higiene, rentar la cara i les mans dels nens, però en moltes cases rentar-se és un luxe, no hi ha sabó, ni tradició de fer-ho —va donar per conclosa la seva lliçó—. I això només és un exemple.

—Llavors en Leo ja és metge.

—No, encara no. Té vint-i-tres anys i és la seva quarta visita.

—Ja fa quatre anys que ve aquí?

—Sí, i és probable que s'hi quedi.

—I quan acabi la carrera?

—Aquest és el problema —va admetre l'Elisabet Roca—. Té dificultats perquè li renovin la beca, i sense la beca...

—Per què té dificultats?

—Perquè és d'aquelles persones que no sap callar —la doctora va somriure amb una mica de pena—. L'admiro per això, però el fet de no tenir mà esquerra sempre comporta dificultats.

—Hi ha gent que es baralla amb tothom, tingui o no tingui raó —va dir la Sílvia pensant en la fredor del seu encontre.

—En Leo és una persona honrada, diu el que pensa, i això molts no ho admeten. Mai no farà la gara-gara a ningú ni per aconseguir allò que més desitja. Aquest últim curs ho ha passat malament a la facultat, i ara en pot pagar les conseqüències. De tota manera et diré una cosa: el prefereixo a ell sense haver acabat la carrera que a un altre amb molts títols. És a dir, preferiré sempre el cor al cap, encara que hàgim d'utilitzar aquest últim per governar el primer.

—Llavors, es quedarà aquí passi el que passi?

—Em penso que sí, encara que és dels que creu que el món és massa petit per a la seva ansietat —es va prendre tot un segon per aprofundir una mica més en allò que estava dient—. Que no t'enganyi la seva edat, Sílvia. Està avesat a les dificultats. Ha viatjat per les zones més dures d'Àfrica, per Àsia, va passar dos mesos al Tibet quan tenia només disset anys... És una ànima lliure que no admet els mals de la civilització occidental.

—El clàssic inconformista, en guerra amb tothom.

Va topar amb una mirada ferma.

—Jo no diria tant —va respondre a poc a poc la dona—. Ahir a la nit em vas dir que quan eres una nena, asseguda davant de la *tele,* sempre volies salvar el món. En Leo no pretén salvar ningú, solament fer que les persones s'enfrontin als problemes, a si mateixes i lluitin per aconseguir-ho. Aquesta és la seva filosofia, d'altra banda tan respectable com qualsevol altra. I, per descomptat, pots confiar en ell.

—Confia ell en els altres?

—Per què m'ho preguntes?

—La seva mirada m'ha travessat.

—Potser perquè representes part d'allò que ell menysprea. Quan li vaig parlar de tu, es va quedar molt callat i no em va fer cap comentari.

—Però si sóc aquí fent el mateix que fa ell!

—Amb la diferència que en Leo és un desconegut, fill de ningú, assetjat i, no obstant això, és capaç de donar-ho tot, generosament, pels seus ideals. Tu ets bonica, tens uns pares famosos...

—No és just.

—Dóna-li temps perquè et conegui.

—Ell a mi? I jo què?

L'Elisabet Roca va arronsar les espatlles i va moure les comissures dels llavis cap amunt.

—Volies parlar d'en Leo i això és el que hem fet. I ara, què et sembla si comencem a treballar?

* * *

El vertigen, el remolí va començar tan bon punt es va obrir l'hospital.

D'una banda, els pacients que ja eren a dins, curantse i responent als tractaments. De l'altra, els qui formaven la llarga cua del dia, amb els seus problemes i les seves urgències. Hi havia una altra cua a la finestreta dels medicaments, on hi havia un llistat amb els noms i es donaven els medicaments als malalts crònics. Les anades i vingudes dels uns i dels altres es van fer exhaustives ja des dels primers minuts. I, de cop i volta, era com si la meitat de l'Índia fos allà. Ferides infectades; minusvalideses que s'havien de tractar; parteres amb els primers símptomes que anaven directament al paritori on les infermeres portaven un sari blau distintiu; malformacions doloroses; inflors; picades; problemes oculars, i tot allò multiplicat per la pobresa, la manca d'aliments nutricionals, d'aigua o de sanitat. El menjar consistia en un ou, plàtans i galetes. Tots els plats anaven tapats amb una xarxa per evitar que les mosques els assaltessin. Sempre les mosques.

Les dones amb nens que no podien deixar sols els tenien en un improvisat bressol fet amb el plec del llençol, en un costat del llit o de la llitera. Res a veure amb un hospital convencional. Pura imaginació i utilització màxima dels escassos recursos existents.

No van parlar gaire durant el matí.

No va haver-hi temps.

Però n'hi havia prou de ser allà per iniciar-se ràpidament i aprendre a una gran velocitat. Veure i escoltar. L'Elisabet Roca es movia lleugera, prenia decisions immediates, valorava amb prestesa de seguida, sabent que no hi havia temps per a consultes mèdiques, parlava amb dolçor a qui ho necessitava i es mostrava inflexible i categòrica amb qui tractava de fer-li perdre el temps. Els malalts la respectaven i la temien, assentien amb el cap, s'empassaven el dolor i la miraven com si fos una deessa capaç de fer miracles. Quan va arribar el torn de les operacions del dia, la Sílvia va entrar en l'última dimensió d'aquella nova realitat.

L'Elisabet Roca no tenia un equip format per mitja dotzena de professionals. Estava sola. L'ajudaven infermeres índies, qualificades o, si més no, expertes en situacions límit, alguns cooperants de diversos països i ara ella. Obria un cos, operava sense dilació, tancava i cosia, es treia els guants, que no anaven a la galleda de la brossa, sinó a un recipient per ser rentats i reutilitzats i passava al pacient següent. Economia de mitjans. Economia de temps. Però la millor atenció.

Instint per damunt de qualsevol cosa.

—Sabia que no era una apendicitis —parlava tota sola, dirigint-se al centre del seu interès.

La Sílvia procurava fixar-s'hi.

—Llavors...

—Tenia els símptomes, però el quadre no estava complet. Fixa-t'hi: una necrosi intestinal.

La Sílvia va veure el petit plec, una mena d'aleta doblegada sobre ella mateixa, col·lapsada.

—Ja que hi som, li trauré l'apèndix i un problema menys.

El matí va passar en un tancar i obrir d'ulls. Tan de pressa que no es va adonar del seu cansament, perquè se l'havia passat dreta, fins que la seva superiora va donar per acabada la llarga i maratoniana sessió d'intervencions. Només llavors es van asseure uns minuts en un dels bancs exteriors, en aquell moment lliures de visitants que esperaven el seu torn. La Viji, atenta, els va portar dos gots d'aigua fresca.

—Aquesta noia és una meravella —va dir la doctora mentre la Viji se n'anava—. Llàstima que aquí els homes vulguin alguna cosa més que una companya.

—No ho entenc.

—Té divuit anys, ja és gran, però ningú no la vol perquè és coixa i li falta un ull. Ha estat impossible concertar-li un matrimoni, encara que sigui amb el més vulgar dels candidats. I és tot cor, t'ho garanteixo. Cor i força. Està sana, és treballadora, podria engendrar fills forts... Hi ha països en els quals una dona no és ningú si no ha tingut dos o tres fills abans de fer els vint anys. Està socialment marginada. Però aquí almenys se sent útil ajudant. Els indis volen aprendre, saps? És el millor de la nostra relació, la seva necessitat d'aprendre.

No havia vist en Leo en tot el matí. Ara el va veure que es dirigia cap als menjadors. Es va sentir irritada fins al punt de no voler continuar parlant de la desigualtat de la dona en cap part del món.

No havia volat fins allà per barallar-se amb ningú, ni per defensar-se per ser qui era.

—Demà coneixeràs el doctor Giner —li va anunciar l'Elisabet Roca.

—N'he sentit a parlar molt.

—I qui no? No li agrada que li ho diguin, però..., és una eminència, saps? Per aquí ve poquet, perquè s'estima més anar als nostres altres centres, escampats per tota la zona. Té cinquanta-set anys físics però afortunadament només vint o trenta de mentals. T'agradarà.

—Espero que jo li agradi a ell.

—Fas broma? —es va posar a riure—. Tan bon punt et vegi es comportarà com tots els homes grans davant d'una cara bonica! Em jugo el que vulguis que coqueteja amb tu i fa el fatxenda com un gall a la primera oportunitat!

La Sílvia es va posar vermella com un tomàquet.

* * *

A la nit estava esgotada en tots els sentits.

I molt més mentalment que físicament.

Havia estat en hospitals, havia començat a fer alguna pràctica, era una estudiant compromesa que no refusava donar la cara en cap moment i, fins i tot, havia estat en operacions amb la seva mare i el seu pare, per aprendre'n. Però res no es podia comparar amb allò, en cap sentit. Un metge s'adapta a les urgències, el dolor i la mort a l'hospital. Forma part del seu procés i de la seva pròpia immunitat. Les sensacions opressives, el desànim, les frustracions, se superen. A l'altra banda de cada porta hi ha la civilització, el que equival a dir l'escut protector. Allà no. A l'altra banda de la porta inexistent hi havia més pacients, els mateixos mitjans escassos, els mateixos ulls de l'esperança dipositats en ells.

Un dia era molt més que un lapse de temps atrapat en 24 hores. Representava una eternitat.

Es va estirar al llit sense desvestir-se, només es va treure les sabates. El canvi d'horari també li passava factura obligada i el seu còlic s'havia convertit en un flux incessant malgrat les pastilles per reequilibrar el seu organisme.

Tantes sensacions...

S'havia promès escriure un diari, cada nit, sens falta, per poder-ho recordar tot quan tornés per tal de provar, algun dia, de recuperar tantes emocions juntes. Però va ser incapaç de tornar-se a aixecar i, encara menys, de trobar les forces per ordenar tants esdeveniments amb el rigor necessari.

Va tancar els ulls. Res més.

Capítol tres

En Jordi era dos anys més petit que ella i, si alguna cosa tenia clara el seu germà, és que no tenia res clar. Malgrat les diferències, s'avenien, es protegien, havien format un front comú contra l'«autoritat competent» representada pel seu pare i la seva mare. En Jordi donava suport a la seva extraordinària versatilitat per als estudis, la seva capacitat i la seva força de voluntat, i la Sílvia donava suport al seu germà en el dret a no haver de decidir el seu futur a la força, si encara no estava segur del que desitjava. En privat, abans d'anar-se'n a l'Índia, el seu germà li va confessar que un cop fets els divuit anys potser s'agafava un any sabàtic per viatjar. Això seria el proper estiu. I no li importava que el seu pare no li financés l'experiència. Tenia diners estalviats. Part de l'herència de l'àvia Agustina.

Sense saber-ne el motiu, va associar el desig d'en Jordi amb allò que li va explicar la doctora Roca sobre en Leo i els seus viatges iniciàtics quan era tan jove.

No havia tornat a parlar amb ell.

Era possible que... l'evités?

—Com és això? Explica —la va instar en Jordi.

—És preciós, de debò. Aquí, el sud és verd i el nord és àrid, al revés que allà. Els indis del sud també són més foscos que els del nord, de pell més negra, bé. Però els colors no canvien. Les dones porten uns saris preciosos.

—I l'hospital?

—Això ja és una altra història —va sospirar.

—És dur, oi?

—Bé, ja m'ho esperava. Per això vaig venir. Les clíniques de luxe són a Suïssa.

—I a Barcelona —va fer broma amb acidesa.

—Com està el pati? —es va enfrontar als fets.

—Buf! —el seu germà no podia ser més expressiu—. Jo no m'atreveixo a obrir la boca.

—Tan fort els ha agafat?

—A la mama no, ja saps que en fa de més i de menys. Viu i deixa viure, encara que de primer hi diu la seva perquè quedi clar. Però el papa... No hi ha qui se li acosti, aquests dies. És com..., si no haguessis de tornar.

—Que es pensa que em quedaré aquí? —li va sonar absurd.

—Per portar la contrària. Ja saps que se sent el centre de l'univers. Si no s'està d'acord amb ell... Ahir vaig sentir que preguntava a la mama en què havia fallat. La mama li va respondre que en res, que el fet que tu tinguessis la teva pròpia vida i prenguessis les teves pròpies decisions no significava que ell s'hagués equivocat en alguna cosa.

—Ostres! —va exclamar la Sílvia.

—Li passarà quan tornis i li expliquis les teves aventures índies, no t'amoïnis. Llavors li sortirà tot l'orgull i, fins i tot, en presumirà. Que potser no el coneixes? Si més no, el que sí que t'he d'agrair és que, gràcies a tu, han deixat de ficar-se amb mi. Ara el protagonisme és teu. De la manera com de vegades parlen és com si te n'haguessis anat a una guerra.

—És una guerra contra la pobresa, la misèria, els atavismes seculars —va murmurar la Sílvia.

—Ja m'entens.

—Sí, és clar.

—Espero que tot et surti bé —li va desitjar en Jordi—. Recorda que després em toca a mi.

—Però, per què no ha de sortir bé?

—El papa es pensa que perds el temps i malbarates la teva vida i les teves oportunitats.

—I tu, què en dius?

—Jo no me n'hauria anat a l'Índia, sinó a l'Amèrica Central o a l'Amèrica del Sud —va opinar ell—, per l'idioma.

—Estudia Medicina i la propera vegada ens n'anirem junts —li va proposar.

—Tu *quoque, Bruto?*

Es va posar a riure per l'acudit.

—Tranquil, Cèsar.

—Escolta, has trucat a l'Artur?

El nom la va travessar de dalt a baix.

—No, per què?

—Perquè ell sí que ha trucat un parell de cops per interessar-se per tu. L'última vegada vaig agafar jo el telèfon.

—I...?

—Res, però si torna a trucar..., què li dic?

—Que estic bé aquí, que el mòbil no té cobertura i que no puc telefonar així com així.

—Que heu trencat?

—No, però no vull parlar amb ell, ara.

—D'acord, d'acord...

—Eh, que no passa res, però m'has de cobrir.

—Ja t'han posat el tercer ull?

—A tu te'l posaré jo, però blau.

Li agradava sentir-lo riure. Quan eren petits i li feia pessigolles, es retorçava als seus braços fins que tots dos quedaven esgotats per l'esforç, l'un debatent-se per escapar i l'altra disposada a no deixar-lo anar. Semblava que fes molt de temps, d'allò.

—Ahir vaig sortir amb la Mariasun —va canviar de conversa en Jordi.

* * *

En Llorenç Giner no coquetejava amb ella, però sens dubte desplegava tota la seva simpatia amb l'elegància i la distinció dels seus molt ben conservats cinquanta-set anys. La Sílvia se sentia una mica com la novetat, però també que formava part d'una nova família. L'Elisabet Roca s'acabava de convertir en la seva mare i, ara, en Llorenç Giner adquiria les dimensions d'un pare. La mimaven. Malgrat que era una cooperant com qualsevol altra, el tracte era molt diferent. Se'n podia adonar. I no sabia si s'hauria estimat més una altra cosa, més privacitat, o si, en el fons, li agradava el fet de no haver-se d'enfrontar ella sola a tot allò, tal com ho havia pensat en un principi.

Mai no havia sabut fins on la podia portar la seva força. Ni tan sols si en tenia prou, més de la normal, o... molta menys.

—Necessitàvem gent com tu, Sílvia —li va acariciar la galta amb la mà dreta, un frec suau carregat de tendresa—. Gent jove, amb il·lusió, amb la mentalitat oberta i, alhora, no tan anònima perquè els altres es pensin que això és cosa de quatre bojos solidaris.

—Així que els cognoms pesen?

—Doncs és clar que pesen! I seria estúpid tancar els ulls a l'evidència! —va ser categòric—. Una Prats Olivella, aquí. Saps el que significa una cosa així? Amb tu no hi ha equívocs. Ets qui ets. Creus que els diners cauen del cel? És possible que facis més pel simple fet de ser qui ets que pel que puguis aportar com a infermera ara o com a metgessa d'aquí a uns anys.

—No em digui això, si us plau —li va suplicar.

—El què, el primer o el segon?

—El primer.

—És la veritat, i la veritat s'ha de beneir perquè és única. Tu aprofita les oportunitats que et dóna la vida. És una bajanada voler nedar contra corrent quan ets al mig d'un ràpid.

—Farà que se senti com un patrocinador —li va retreure l'Elisabet Roca.

—El que provo de dir...!

—El que prova de dir ja ho ha dit i ho hem captat perfectament —la doctora va desplegar un braç protector per damunt les espatlles de la seva nova pupil·la—. Ara gaudirem d'aquesta nit índia perfecta i no parlarem de feina, li fa res?

—I de què podem parlar?

—De futbol —va fer broma la dona.

—Seria capaç —va ser categòric ell.

—Els puc fer una pregunta?

—Per descomptat —la van convidar a parlar.

—El meu pare o la meva mare, o algú proper a ells i que vostès coneguin, els ha trucat per demanar-los que tinguin cura de mi o...?

—No —va ser ràpid a reaccionar en Llorenç Giner—. Estigues tranquil·la, que no.

—Vist el que ens has dit abans, més aviat hauria estat el contrari, perquè te n'anessis com més aviat millor —va afirmar la doctora Roca—, i en aquest cas, hauríem passat molt del tema.

—Viu i deixa viure —va concloure el metge.

—Gràcies.

—No ens les donis a nosaltres. Sense el voluntariat, sense la gran tasca desinteressada que fan tantes persones, tot això no seria possible, i si ho fos, seria més difícil —manifestà en Llorenç Giner.

—Ser cooperant és alguna cosa més que ajudar els altres. També és una escola, una manera d'aprendre i d'enfrontar-se a la vida, no en solitari, sinó de forma col·lectiva, formant això —va tancar el seu puny dret, l'Elisabet Roca.

—Doctor —el va mirar fixament—. Per què ha dit abans que puc aportar alguna cosa com a metgessa aquí, d'aquí a uns anys?

—Sempre tenim la secreta esperança que el futur sigui molt millor —l'home es va asseure a la cadira i va allargar la mà per tornar a agafar la seva copa de vi—. La majoria de metges que vénen aquí, repeteixen. I la majoria dels voluntaris que estan estudiant, després no se n'obliden, de tot això. Tant de bo que sigui així també en el teu cas.

Acabava d'arribar i li oferien alguna cosa més que una càrrega.

Va sospirar amb orgull no exempt de preocupació, com si acabessin de dir-li que ja confiaven en ella.

Al seu pare li agafaria un infart.

Es va estimar més callar i continuar gaudint de la sobretaula.

* * *

La Sílvia i el metge van veure com s'allunyava en direcció a l'hospital, a bon pas, precedida per la neguitosa infermera índia que l'havia cridat per atendre una urgència. La nit les va engolir immediatament en la foscor més negra.

—Així és ella —va dir llavors en Llorenç Giner, abastant tot el lloc on es trobaven.

—Pensava que era alguna cosa més que una sola persona.

—És diferent. Res de tot el que veus seria possible sense la seva voluntat de ferro —abastà de nou el complex hospitalari amb els braços oberts—. Quan va arribar aquí, ho va fer sense res, amb les mans buides. Però tenia el cor ple d'esperança i d'amor i ja en veus el resultat.

—Em va comentar que havia perdut el seu marit.

—Precisament, això és el que és extraordinari —els ulls de l'home es van tornar de cristall—. Tenir el cor ple d'amor quan la mort t'ho ha arrabassat tot.

La Sílvia s'havia adonat d'un parell de detalls, mirades, gestos, i ara ho va constatar. Els ulls d'en Llorenç Giner continuaven mirant el lloc pel qual havia desaparegut la doctora Roca.

I no eren uns ulls simplement respectuosos o d'admiració.

Eren uns ulls encisats.

La Sílvia va parpellejar, mig divertida, mig excitada, mig perplexa. Era bona calibrant les emocions dels altres. Dolenta amb les seves, però les dels altres, de vegades les trobava miralls molt clars. No obstant això, el que era curiós era encara la seva peculiar reacció infantil davant l'amor adult. Una vegada va sentir els seus pares que feien l'amor i, tret de sentir-se feliç que s'estimessin, l'endemà no es va atrevir a mirarlos a la cara, morta de vergonya. La idea que «a la seva edat» continuessin actuant com simples éssers humans li va quedar travessera. Els ulls d'en Llorenç Giner formaven ara dues fonts molt clares. Allà, en els confins del món, en un indret apartat on la vida i la mort es donaven la mà, també existia l'amor.

Si més no, en una direcció.

Es va quedar més i més sorpresa per la seva percepció.

—Vostè és casat, doctor?

Es va mossegar el llavi pel seu atreviment.

—Ho vaig estar.

La resposta va ser parca, concisa, així que no hi va insistir més. Els ulls del metge, tanmateix, es van tancar i van deixar de mirar l'empremta de la doctora Roca.

El silenci va ser breu.

—Demà he de matinar perquè me'n vaig una altra vegada —va comentar l'home—. Això és molt gran i hi ha tanta o més feina fora que aquí.

Fi de la vetllada.

* * *

En Leo feia els seus exercicis, com cada matí. Ni tan sols el fet d'aixecar-se abans feia que pogués sortir sola del bungalou per anar a la dutxa. Era allà, amb el seu cos esplèndid, formant figures que, de vegades, tenien quelcom d'eteri i de màgic. El seu company era capaç de sostenir-se amb un sol peu, aixecar la cama i agafar-se l'altre ben cap amunt amb una mà. I sense tremolar o desequilibrar-se.

Per un moment es va quedar perplexa davant la serenor i la noblesa del seu rostre, la pau i tota la força interior que destil·lava.

Va caminar descalça fins als lavabos, va entrar en un i va realitzar les seves ablucions. Dutxa, una mica de crema hidratant, rentada de dents. El còlic remetia i aquesta sí que era una bona notícia, tot i que no la molestava gaire per impedir-li fer una vida normal. Va tornar a posar-se la samarreta i els pantalons curts. Quan va tornar a sortir, va ser impossible fer el camí de tornada al bungalou sense topar amb els ulls d'en Leo.

—Bon dia.

No li va respondre immediatament, expulsà l'aire dels pulmons a poc a poc, concloent un exercici, o una figura, o el que fos allò i llavors sí que ho va fer.

—Hola.

La Sílvia no va saber què fer i va vacil·lar. Podia continuar caminant i prou, passant d'ell, o podria provar d'iniciar una primera conversa, després d'aquella palesa animadversió del primer encontre. Va decidir que ja que passaria allà tot l'estiu i en Leo formava part d'alguna cosa més que el paisatge, el millor seria comportar-se amb normalitat com més aviat millor.

—Fas això cada matí? —va fer la pregunta més òbvia.

—Sí.

—Per a què serveix? —la segona pregunta no era òbvia, era estúpida, però va aguantar el tipus.

—Per a tot, per al cos, per a la ment...

No va saber què més dir-li. Estaven sols. A Barcelona tenia fama d'enginyosa, de no tallar-se, de saber sempre què respondre i fer-ho de manera ràpida. Allà no podia ser diferent.

O era per ell?

Mai no havia conegut ningú com en Leo.

—Tots aquests exercicis són corporals?

—A què et refereixes?

—N'hi ha cap per somriure?

En Leo es va posar vermell.

—Això no és una festa —va dir.

—No, és clar —va ser contundent la Sílvia—, però, sigui el que sigui, tampoc no és una guerra, ni un funeral, i hi som plegats.

Ara sí que ho va fer: va forçar un somriure. La va mirar fixament als ulls. Ella va sostenir aquella inusual penetració visual, directa, opalina, malgrat la intensa fredor que la dominava. Com una flama però al revés. Portava la tovallola agafada a l'alçada del pit, com si de cop la roba amb la qual dormia fos massa atrevida. Li havien dit que allà no provés de portar la seva intimitat al terreny del que és grotesc, que s'oblidés de tot el que hagués fet a Barcelona o a qualsevol altre indret del món habitual. Allà no seria una noia guapa, sinó una dona que treballava. Per això era capaç de sortir en samarreta i pantalons curts, d'altra banda molt més decents que qualsevol biquini.

I ara es va sentir despullada, tot i que ell no li mirava el cos, sinó només els ulls.

—Estàs acostumada que tots et vagin al darrere, oi? —va dir en Leo, revestint d'ironia el to de la seva veu i assentint un parell de vegades amb el cap.

Era una porta tancada.

—No sé qui et va fer mal —va desgranar cada paraula com si fos un dard, vencent la seva incomoditat—, però, de fet, ho va fer a consciència i tu hi col·labores al màxim.

Li va girar l'esquena i va reprendre el seu camí.

Va esperar una frase irada o que anés al seu darrere i l'empaités, però no va succeir res de tot això, tot i que va sentir aquells ulls, ara clavats a la seva esquena, penetrant-la.

Va tancar la porta del seu bungalou amb molta cura. No volia donar un cop de porta i semblar més irada del que se sentia.

* * *

A l'altra banda del llac, just davant del seu bungalou, hi havia una casa mig amagada entre els arbres. I no semblava una casa normal, sinó una mena de mansió.

De nit els seus llums brillaven esmorteïts.

I, després, s'apagaven tots menys un.

I abans que sortís el sol, encara era encès.

No podia dormir, així que en les seves dues visites al lavabo per culpa del maleït còlic va treure el cap per la finestra i va comprovar les seves sospites. La casa exercia sobre ella un cert encís, per les seves dimensions, perquè no semblava com la dels altres, ni tan sols com les millors que havia vist de camí a l'RHT des de Mysore. Però el llum sempre encès d'aquella habitació o el que fos...

Es preguntava qui devia viure-hi.

I per què deixaven encès tota la nit un llum que no era el del porxo.

—Vés a dormir o demà encara serà pitjor —es va dir.

Tenia cruiximents a les cames, però encara més a l'ànima. Cada cas, cada persona, cada operació, curació o tractament deixava una empremta en la seva memòria. Els pacients del seu pare o de la seva mare, intencionats en el cas del primer i accidentals en el cas de la segona, entenien què els passava, pagaven per allò i, fins i tot, la majoria somreien sabent que es recuperarien. Allà, en canvi, a moltes de les dones, homes o nens els mancava la mínima cultura per entendre el que era més elemental. No sabien per què els feia mal això o allò, per què la manca d'higiene els tornava cecs, per què els seus nadons naixien amb malformacions o per què es morien en un tancar i obrir d'ulls. Anaven a l'hospital i miraven la doctora Roca com si fos una deessa capaç de fer miracles. Les explicacions sobraven. Per què? Un mal de panxa o un càncer tenien els mateixos símptomes. Hi havia tanta por en les seves mirades...

Va fer voltes al llit. Ja sortia el sol i no aconseguia agafar el son.

Era per en Leo? Havia estat tot el dia nerviosa després de la seva inusitada picabaralla del matí?

I per què sense més ni més li quedava travessera a algú d'aquella manera tan fulminant i aspra?

I el que era més estrany: en qui menys pensava era en l'Artur.

Sense sentir-se'n culpable.

—Déu... —va gemegar comprenent que el dia seria d'allò més dur i s'adormiria fins i tot dreta.

Capítol quatre

Generalment, cada dia el nombre de malalts que acudia a l'hospital era semblant. Entre ells i els internats, el temps els devorava igual que un escorpí devora les seves cries. La norma, no obstant això, no era estable. Aquell matí, sense que en sabessin el motiu, l'allau havia estat molt més dens.

—Hi ha dies en què tot se t'entravessa —li va dir l'Elisabet Roca.

Van enviar a buscar el doctor Giner. La xarxa de dispensaris i centres de coordinació ubicats als pobles més allunyats actuava com una teranyina que cobria la zona de la millor manera possible. Els voluntaris també s'hi repartien. Hi havia un francès, una italiana, un alemany, una anglesa i dos holandesos, noi i noia, parella. A l'RHT, aquells dies, el personal era espanyol i indi, sota mínims, en Leo i ella. Una major precarietat era impossible.

I l'oftalmologia era a l'altra banda d'on treballaven l'Elisabet Roca, ella i les auxiliars índies que col·laboraven com a infermeres, així que no veia en Leo gairebé per a res.

Potser és que l'esquivava.

Atenien una vella. Podia tenir cent anys. Era un pergamí de vidre, menuda i trencadissa. Estava sola, sense ningú que l'acompanyés.

La doctora li va preguntar d'on venia. Ella va xiuxiuejar un nom impossible de desxifrar per a la Sílvia. Després va afegir alguna cosa més.

—No ve amb ningú, està sola —va dir l'Elisabet Roca.

—Què té?

—Anys —li va acariciar el front amb tendresa—. Ha vingut a morir aquí, res més.

—Però...

—Si t'has de posar a plorar o has de fer aquesta cara d'espant és millor que te'n vagis ara mateix —li va advertir.

No es va voler rendir. Ja havia estat a punt d'enfonsar-se un parell de vegades, sempre amb nens. La situació era diferent.

—Per als *dàlits* tot és pitjor —sospirà la doctora.

—Els *dàlits*?

—Els pàries —li va aclarir—. Entre totes les castes i subcastes, totes ocupant un lloc determinat en l'estructura social amb les seves pròpies creences, regles, conductes i valors i amb un sistema jerarquitzat i perpetuat des de fa milers d'anys, ells són l'última i més insignificant de totes. De fet, són els sense casta, els intocables, condemnats als treballs més servils i humiliants. I aquí no hi ha possibilitat de canviar o millorar o... Es neix formant part d'una casta i això no hi ha qui ho canviï.

—Però, no ho havia abolit la Constitució índia?

—Creus que en aquest país les coses canvien de la nit al dia, en un tancar i obrir d'ulls, perquè ho digui un paper? Aquesta dona no sap ni llegir ni escriure, i encara que en sabés... Totes les fundacions que actuem a l'Índia estem lluitant per millorar això, per fer que els *dàlits* es converteixin en amos del seu destí. I s'ha de començar ara perquè d'aquí a cinquanta o cent anys els canvis siguin evidents.

Cinquanta o cent anys.

La vella agafà una mà de la Sílvia. La noia es va estremir per l'inesperat contacte. Amb una veu escanyada, la moribunda mussità unes paraules incomprensibles.

—Diu que ets maca —li va traduir l'Elisabet Roca—. I que ella també ho va ser, de jove.

Va sentir una onada de pietat, de dolçor. No havia vist morir la seva àvia Agustina. Era fora. No va poder acomiadar-se de la persona que més havia estimat, al marge dels seus pares i el seu germà. Potser el destí buscava compensar-la d'alguna manera, encara que fos amb una estranya.

No tenia ni una dent.

Es va agafar una mica més a la seva mà.

—Queda't amb ella i parla-li —li va demanar l'Elisabet Roca.

—Però..., què li dic?

—Tu només parla-li. Pot ser que ningú no ho hagi fet des de fa anys. Quan s'adormi o es mori m'ho dius.

Com sempre, les explicacions sobraven. La doctora es va aixecar per atendre els vius i la va deixar sola amb ella.

* * *

Encara sentia aquella urpada a l'ànima.

—L'últim sospir, aquella ranera final de pau, com si exclamés: per fi!, ha estat...

—Pensa una cosa: has fet més per aquesta dona en aquesta hora decisiva que la majoria de la gent que l'hagi pogut conèixer en molts anys.

Va aconseguir dibuixar un somriure tímid.

—Vostè busca el costat positiu a tot, oi?

—És l'única manera, reina.

—Ja, però...

—Mira, fa trenta anys no hi havia res i ara tenim aquest hospital i hem donat moltes oportunitats a la regió, de la mateixa manera que d'altres ho fan en altres zones. Potser et pot semblar el pati del darrere del món, però hem fet un gran salt cap endavant. D'aquí a uns altres trenta anys s'ha de suposar que n'haurem fet un altre. I així és com es fan les coses, Sílvia. No hi ha secret, tret que el món deixi d'armar-se i es destinin tots aquests diners a la cultura, la sanitat, la investigació per la pau, l'alimentació...

—La utopia somniada.

—S'ha de creure, sempre. Si deixem de creure, s'acaba tot. I et diré una cosa: és millor encendre un misto que lamentar-se per la foscor.

—M'imagino que deu adoctrinar tots els cooperants que passem per aquí, no és cert?

—Molts ja saben a què s'han d'enfrontar. Uns altres s'afecten més. Tu no ets la pitjor i puc dir-te que ja has demostrat prou aquests primers dies.

—Gràcies —es va penedir de la pregunta mentre la formulava—. I en Leo?

—En Leo és d'una altra mena.

—Decididament, no li caic bé.

—Dóna-li temps. Que et conegui.

—Les antipaties que sorgeixen per qüestió de pell, sense motiu, són difícilment superables.

—En Leo no et té antipatia per tu mateixa, sinó pel que representes.

—Això no és just.

—Demostra-li-ho.

—Jo no he de demostrar res a ningú!

—Doncs passa —va ser directa l'Elisabet Roca.

—Com puc passar d'ell, si per aquí no hi ha ningú més?

—Mira —va reflexionar el que anava a dir—, que jo sàpiga, en Leo només va cedir una vegada, just abans de venir a l'Índia, fa quatre anys. Es va enamorar i ho va fer com solen fer-ho les persones generoses i apassionades: amb totes les de la llei, sense concessions, al cent per cent. Per aquesta raó, quan ella li va fallar, quan no va voler seguir-lo i es va fer enrere en l'últim moment, es va enfonsar. No tant per ser arrossegat pel remolí, però sí prou per quedar marcat, perquè no hi ha res que marqui més que el gran amor de l'adolescència o de la joventut, sobretot si surt malament, Sílvia.

—Així que odia les dones.

—No, al contrari. Odia la impotència, la resignació, la submissió. Per això lluita, per continuar sent ell mateix. Si li treuen la seva beca es queda sense una part de la seva vida. Tu ets filla de qui ets filla, representes el..., no ho sé, digues-li poder si tu vols. Què fa una mestressa de casa amb quatre fills, que s'ha engreixat vint quilos, que se sent lletja i frustrada, quan veu per televisió aquestes models i actrius tan glamouroses, somrients, a les quals tot sembla que els vagi bé? Més d'una llença la patata que està pelant davant el televisor. Les coses són així!

—No sóc cap nena *pija* jugant a ser cooperant.

—Jo ho sé, i ell també acabarà per saber-ho.

—Però mentrestant...

No tenia intenció de completar la frase. Només era una exclamació. De tota manera, el diàleg va quedar interromput de forma abrupta quan va aparèixer en Llorenç Giner per la porta, despentinat i suat per l'esforç que li suposava haver hagut de córrer.

—Hi ha hagut un accident a la carretera, dos autocars! —va anunciar—. Necessitarem tota l'ajuda que sigui possible.

—Déu meu, quin dia! —va cridar l'Elisabet Roca saltant la primera de la seva cadira.

* * *

L'última ronda, l'últim ferit.

Tota una nit en vetlla.

En Llorenç Giner es va deixar caure, exhaust, a les escales de l'entrada de l'hospital. La fusta va grinyolar per l'impacte, més que pel seu pes. En qualsevol hospital del món, més o menys civilitzat, hi havia equips, escàners, instrumentals precisos. Allà no. Les operacions que eren senzilles en qualsevol altra banda es convertien en miraculoses i complexes intervencions a vida o mort, a cara o creu. Ni tan sols hi havia temps per considerar-ne els pros i els contres. De tota manera, ningú no presentaria una demanda o es queixaria. Cap vídua o mare o germana els acusaria de negligència o de no haver fet el màxim possible.

Cada vida salvada era un crit.

I, per fortuna, hi havia més crits que llàgrimes.

—Deus estar esgotada —l'home li va dedicar una mirada afectuosa d'ànim.

—Tinc dinou anys.

—I què? Les persones de dinou anys us canseu igual. Que potser m'estàs dient vell?

—Vostè no és vell.

—Ja ho sé. No caldria sinó —va alçar les celles amb el pes de l'evidència—. Abans s'era vell als seixanta. Ara la vellesa comença als setanta i tants i depenent de les xacres i la salut.

—Vostè sembla de ferro.

—Tot és aquí —es va tocar el front.

—S'oblida d'això —ella es va tocar el cor.

—Oh, au va! —li va fer un gest amb la mà i va posar cara de desgrat—. Aquest és un òrgan sobrevalorat, tot i que està bé que, a la teva edat, encara hi creguis.

—No em surti amb això —va aconseguir fer-la riure.

—Jo sóc president del Club de Fans del Costat Esquerre del Cervell —va predicar ple d'orgull.

—Em pensava que per la seva edat ho era del Club dels Cors Solitaris —el va punxar.

—Ah, els meus Beatles! —el doctor va somriure

malenconiós—. Quan van matar en Lennon, van acabar amb la meva joventut. Després en morir en Harrison...

De sobte el va trobar tan vulnerable; fort, ple de caràcter, sens dubte intel·ligent, capaç, meravellós, però tan i tan vulnerable...

Com ho eren totes les persones enamorades.

No es va atrevir a preguntar-li-ho, encara que se'n moria de ganes.

Per què un home i una dona sols, a l'altra punta del món, es quedaven en silenci quan almenys un d'ells estava enamorat de l'altra?

—Au va, vés a dormir una estona —li va demanar en Llorenç Giner.

—Estic bé.

—Vés-hi, vols? Deixa'm fer veure que et rendeixes abans i així jo me'n podré anar amb la dignitat i l'orgull intactes.

El va obeir. El camí fins al seu bungalou se li va fer llarg i feixuc. Almenys, en Leo no era enmig del pati fent els seus exercicis de tai-txi.

—Bon dia —li va desitjar.

—Bona nit —va dir ell, tancant els ulls.

* * *

Havia dormit tot el dia.

No la van cridar ni tan sols per dinar. Després de tantes urgències durant 24 hores, el matí havia estat plàcid. L'equilibri natural de la vida. Es va despertar a mitja tarda, va ajudar en el que va poder a la ronda final i, en concloure el sopar, l'única cosa que necessitava era fer una passejada per la vora del llac.

Es va trobar amb la Viji inesperadament. No anava sola. L'acompanyava una nena, una adolescent. S'assemblaven com dues gotes d'aigua, amb la diferència que la nena era preciosa, sense màcula, un rostre angelical guarnit per uns ulls enormes i un somriure pur.

—Hola, Sílvia! —li va mostrar el plaer que sentia en veure-la i l'orgull d'anunciar-li—: Aquesta és germana meva, Narayan.

—Com estàs, Narayan?

—No parla res català.

—Anglès?

—Tampoc.

—I tu, com és que parles tan bé el meu idioma?

—Gràcies —mostrà orgull per l'afalac—. Doctora ensenya des de molt petita i aprenc bé. Jo treballo aquí sempre i després ella em cura —es va tocar la cama que coixejava.

La Narayan semblava encisada mirant-la. Sobretot els cabells, la finor de la seva pell i també les mans, encara ben cuidades.

Va xiuxiuejar alguna cosa a l'orella de la seva germana gran i ella es va posar a riure, posant-se una mà davant de la boca, com si tingués les pitjors dents del món.

—Què ha dit? —va voler saber la Sílvia.

—Pregunta on és marit teu.

—Marit? Jo no tinc marit! —es va escandalitzar.

Ho va traduir a la Narayan. El gest del seu rostre va ser d'incredulitat. Va tornar a mussitar alguna cosa i la Viji va repetir la seva rialla.

—Diu que ets molt gran per estar sense marit, que si ningú vol a tu.

—Tinc dinou anys! —ella també es va posar a riure.

—Narayan tretze, però es casa ja, aviat.

—Es casa?

—Aviat, sí.

—Com...? —va callar gairebé a temps.

Gairebé.

—Família concertat bon casament, sí.

No calia preguntar gaire cosa més. Per lògica la concertació era aliena a la nena. Veuria el seu marit, l'home amb el qual hauria de passar la resta de la seva vida, el dia mateix del casament. I aquella nit deixaria de ser una nena per convertir-se, de cop, en una dona.

Beneïda Índia.

Va pensar en el problema de les esposes cremades. Els pares de la núvia aportaven un dot generós, després del casament se n'anava a viure a casa d'ell, amb tota la família del seu marit i, generalment, es convertia pràcticament en una esclava de la seva sogra. Garrotades i pallisses, per «educar-les», eren a l'ordre del dia. Moltes esposes joves patien «accidents» casolans, morien cremades i llavors el vidu podia casar-se de nou i rebre un altre generós dot per part dels pares de la seva segona esposa. Durant anys i malgrat la vigilància policíaca i la severitat de la llei, desenes de dones morien així a l'Índia, impunement.

A Occident, la Narayan hauria anat a l'escola, els nois sospirarien per ella, s'enamoraria...

«No jutgis amb ulls occidentals», li havien dit.

Però, com podia jutjar, si no?

Sabia la Narayan alguna cosa de l'amor?

I ella? Ho sabia ella?

Estimava l'Artur?

—Passa cosa a tu? —la Viji es va estranyar de la seva seriositat.

—No, perdona, m'havia quedat absorta.

—A... sorta?

—Amb el cap en una altra banda —va provar d'explicar-se.

La Viji va obrir el seu únic ull.

—Cap lluny i cos aquí vas manicomi —es va preocupar.

—Jo no aniré al manicomi, tranquil·la. Haurien de tancar-hi mig Catalunya, i potser mig món.

Sabia que, de vegades, el que deia resultava incomprensible per a ells, així que no va continuar. Van deixar de caminar i es van asseure al terra, de cara al llac. A l'altra banda de les aigües ja brillava el llum sempitern d'aquella casa misteriosa, com un far en la nit.

—Qui hi viu, allà? —va preguntar de sobte.

I la Viji va pronunciar per primera vegada aquell nom:

—Mahendra.

* * *

De petita havia llegit Herman Hesse. Sempre li havien agradat els noms indis, però des que es va submergir en *Siddharta* li van sonar encara més a música.

En els llavis de la Viji, aquell nom va adquirir ressonàncies simfòniques.

—Mahendra?

—És ric —ho va anunciar com si fos la definició perfecta i ja no s'hagués d'afegir res més.

—Ah, sí?

—Tot això és seu —va estirar el braç i abastà el llac i les terres en les quals estava instal·lat l'hospital.

—Tot?

—Sí. I més.

—Qui és en Mahendra?

—Home casta superior —ho va dir amb respecte—. Mai no surt palau des de tragèdia.

Li ho havia d'arrencar tot paraula per paraula.

—Quina tragèdia? —va insistir.

—Mahendra casa amb bonica princesa Pushpa. Fa molts anys. Ells viuen feliços. Tres fills, dos nois, una noia; a palau —va mirar els llums a l'altra banda del llac—, gran felicitat, sempre música i festes. Fins dia tragèdia, fa cinc anys.

—Què va passar?

—Moren Pushpa i tres fills.

—Déu meu! —va empassar-se saliva.

—Des d'accident, Mahendra no surt de casa. Viu tancat. No necessita treballar, no treballa —ho va justificar amb tota naturalitat—. És persona molt intel·ligent, molt culta. Estudià a Anglaterra i Estats Units. Però no pren segona esposa —això últim ho va afegir com si no ho acabés d'entendre.

—Quina edat té?

Va fer la pregunta, una vegada més, des de la seva

òptica occidental. Creia que la Viji li parlava d'un home madur, de quaranta o cinquanta anys.

—Trenta anys.

En Mahendra ho havia perdut tot als vint-i-cinc, una vida sencera.

Va sentir una estranya pena. Aquelles terres, el llac, fins i tot el mateix aire que respiraven, formaven llavors una extensió de l'ànima turmentada de l'altre costat de les aigües.

Aquell llum.

Com si la Viji li llegís el pensament, va dir:

—Llum és santuari en honor de Pushpa i els seus fills.

La Narayan va tornar a dir alguna cosa a la seva germana, a cau d'orella, com si la Sílvia pogués entendre el seu idioma. Totes dues es van posar a riure amb una felicitat evident, mirant-la amb picardia.

—Es pot saber què passa? —va arrugar el front.

—Res, només broma.

—Explica-m'ho.

La Viji va esclatar a riure una altra vegada.

—Explica-m'ho, au, va —la va apuntar amb un dit comminant.

—Narayan pregunta si és el teu pit —va aconseguir dir, fent un esforç per aguantar-se el riure.

—I és clar que és el meu pit! —es va mirar els pits inclinant el cap.

—A Occident totes les dones operades pits grans! —la Viji inflà les galtes i va posar els seus braços oberts per davant del seu cos com si abastés uns pits enormes.

—Això no és cert!

També es va posar a riure. I les va acompanyar a totes dues. Ni tan sols va lluitar contra la maleïda propaganda, llegenda o el que fos allò. Tampoc no va fer res quan la Narayan va estendre la seva mà, amb innocència, i li va prémer el pit per confirmar el que deia.

Les seves rialles volaven pel silenci de la nit com una brisa suau.

* * *

S'havia d'enfrontar als seus fantasmes i el primer que havia de fer era parlar amb l'Artur; tanmateix, no volia trucar-li per telèfon. No estava preparada per a tant.

La tensa fredor de l'adéu...

I, no obstant això, li ho devia. Si més no, explicar-li alguna cosa, el viatge, les seves primeres impressions, la feina, la manera en què volia relacionar-se amb la vida, el present, el futur, les seves esperances. Parlar a una persona per carta era ben diferent de fer-ho de paraula. Per carta els sentiments sempre fluïen d'una manera més lliure, no hi havia interrupcions, ni uns ulls capaços d'alterar el flux del que se sentia. Per carta el monòleg era interior. Estava segura que si totes les parelles, qualsevol enamorat pogués comunicar-se almenys una vegada per carta amb l'altra persona, les relacions serien més fàcils i molt més intenses. Una carta obligava a despullar-se completament. Si un era sincer, si més no.

És clar que mai no havia escrit una carta d'amor.

I el que menys desitjava era fer una carta d'amor.

Es va mossegar el llavi inferior. Si utilitzava el correu electrònic de l'RHT, l'Artur li respondria i allò crearia una dependència, però si li enviava la carta per correu potser trigaria massa.

De moment va començar a escriure-la.

Podria dir-li que el correu electrònic de l'RHT era per a les emergències i urgències i que no podia utilitzar-lo de forma habitual, ni rebre-hi missatges particulars, perquè, a més, els podrien llegir altres persones...

La seva mà es va aferrar al bolígraf i va començar a deixar un rastre harmònic sobre el full de paper...

«Estimat Artur, per fi puc escriure't unes línies per explicar-te com estan anant les coses fins ara en aquest racó de món meravellós en el qual la vida cobra una nova dimensió...»

Volia parlar-li del viatge, de l'arribada, de la doctora Roca i del doctor Giner, de l'hospital i dels seus primers dies ajudant com a cooperant, però de sobte el cor li bategava de pressa sense saber exactament per què.

—Caram, te l'estimes i ell a tu, malgrat les diferències... —va sospirar.

Ho va provar d'una altra manera. Ordenant el que volia dir-li. En un segon full de paper, va escriure algunes frases:

«Quan em vas dir Miss ONG em vas fer mal, molt de mal. Sabies com ferir-me i no et vas tallar. Comprenc que estiguessis rabiós i que et dolgués que hagués d'anar-me'n tot un estiu en comptes de fer plans

i passar-lo junts, però no accepto que ni per un moment tractessis d'entendre'm i veure a través dels meus ulls o sentir a través del meu cor. Mai no he estat com les altres. No vull ser-ho. No m'interessa. Per ser feliços com a parella, abans hem de créixer individualment i és el que estic intentant fer, saber qui sóc, quin és el meu camí. Teníem alguna cosa junts, i crec que encara ho tenim. Però potser aquesta separació ens vindrà bé per reflexionar, no sobre els nostres sentiments, sinó sobre qui som i què volem. Sé que no t'ho vaig dir abans, que no et vaig avisar. Reconec la meva culpa en això. Però també sé que no m'hauries donat cap opció i jo necessitava anar-me'n, sortir de casa, del meu ambient, que de vegades m'asfixia i m'oprimeix. Necessitava justament això per trobar-me a mi mateixa, netejar-me, veure el color dels meus somnis. Que potser dubtes que t'estimo? Què et diuen els meus ulls quan s'aboquen als teus? I els meus llavis quan et besen?»

Es va quedar mirant aquesta última frase uns segons. No sabia si esborrar-la o no.

No sabia si trencar el full sencer o continuar.

I, malgrat tot, sense estar segura d'acabar enviant aquella carta o copiar el text i enviar-lo per correu electrònic, va continuar escrivint, com a teràpia, per buidar-se completament i parlar amb si mateixa.

Capítol cinc

El més bonic d'aquells primers dies era la plena confiança que havia adquirit amb l'Elisabet Roca. Més que una relació laboral, entre elles germinava ja un afecte profund que les convertia gairebé en mare i filla. La mare que la Sílvia necessitava estant tan lluny de casa i la filla que la doctora mai no havia arribat a tenir. Els sentiments també eren comuns, la medicina, l'entrega en favor dels més necessitats, l'amor per la vida enmig del camp de batalla contra la mort que representava l'hospital.

Havien arribat tres cooperants més, una danesa i dos alemanys. Però, de moment, la relació era mínima i, encara més, perquè els dos alemanys eren parella i amb prou feines se'ls veia fora de les hores de feina. Els dinars, sempre ràpids, o els sopars, molt més agradables, els compartien totes dues parlant sense parar, tant dels problemes quotidians com del món que quedava més enllà del seu espai comú. Catalunya era un somni llunyà.

De vegades se'ls afegia en Llorenç Giner, i llavors...

Però no era el cas d'aquella nit.

—Tan bon punt puguem, vull ensenyar-te alguna cosa més que això.

—M'agradaria.

—Pensa que cada àrea operativa cobreix uns trenta o quaranta pobles i que tenim treballadors socials per al programa d'educació, per al de la dona, per al dels discapacitats, per al de les conques hidrogràfiques, per al d'ecologia, per al de l'habitatge... És molta gent, que hi està implicada.

—Abans de venir, vaig veure l'organigrama, la divisió per regions, la situació dels hospitals, els serveis de suport i tota la resta.

—Quan tornis a casa, pots ser una emissària perfecta per aconseguir més coses, des de diners a nous voluntaris, passant per primeres matèries o molta més conscienciació amb el que estem fent aquí. Encara que no t'agradi, el teu cercle d'amistats és important.

—No em fa res, ho entenc.

—No ens aniria malament que alguns metges vinguessin per aquí. I a ells tampoc no els aniria malament.

La Sílvia va pensar en el seu pare i la seva mare.

El meravellós Rossend Prats que cobrava milers d'euros per estirar la pell a les octogenàries que es resistien a envellir.

—Puc preguntar-li una cosa?

—No creus que ja és hora que em diguis de tu?

—No ho sé —es va sentir lleugerament nerviosa.

—Endavant.

—D'acord, gràcies.

—Quina era la pregunta?

—Què n'opines, del doctor Giner? —es va atrevir a preguntar, per fi.

—És un gran home.

—Em refereixo com a persona.

—És un gran home —va repetir la dona.

La Sílvia va aguantar la respiració i es va llançar a tomba oberta.

—Saps que està enamorat de tu?

—Per descomptat —l'Elisabet Roca va alçar les celles.

—Ah, sí?

—Creus que una dona no capta aquestes coses?

—Jo creia...

—Fa temps que em va demanar que ens caséssim.

—De debò? No m'ho puc creure.

—Som aquí tots dos, pràcticament sols.

—Això és el que jo pensava —va dir la Sílvia—. I per què li vas dir que no?

—No li vaig dir que no, però tampoc que sí.

—És que no us necessiteu?

—Necessitar algú és una cosa i estimar-lo és una altra. Encara estic pensant en la qüestió, així que... Recordes el que et vaig dir que aquí la paraula pressa tenia un altre significat? Doncs bé: no hi ha pressa, malgrat que als teus insultants dinou anys et sembli que els meus cinquanta són un passaport directe a la tomba.

—No pretenia...

—Tranquil·la —li va posar una mà al braç—. El teu romanticisme és perfecte i m'agrada que m'ho hagis preguntat, encara que sigui només per remoure'm la consciència. De vegades m'oblido de mi mateixa, saps?

El contacte va ser més afectuós. Li va fer l'ullet i això va ser tot.

L'Elisabet Roca es va aixecar, i la Sílvia ja no va poder continuar parlant del tema.

* * *

La Viji i la Narayan s'havien convertit en les seves ombres inseparables. L'esperaven, feien que es trobaven amb ella, la seguien o es posaven al seu costat per parlar del que fos, de l'Índia o d'Espanya, de la boda imminent de la Narayan o del que feia la Sílvia a casa seva. De vegades, les preguntes eren picants, intencionades, així que les respostes buscaven una mesura més gran. La Viji reia sempre. Era la felicitat plena cavalcant en la innocència de la seva senzillesa. La Narayan era encara més curiosa. La seva situació de «núvia», i encara més de «futura esposa», li conferia un tret diferencial respecte de la seva germana gran. La Viji l'estimava però, de vegades, hi aletejava l'ombra de l'enveja més humana. Una tarda que la Narayan es va posar a ballar per mostrar-li els seus dots, la Sílvia va veure aquella profunda tristesa i un enorme pòsit d'amargura en el rostre de la Viji. El ball que ella mai no podria realitzar a causa de la seva coixesa. El marit que mai no tindria pel seu defecte facial, si no fos que acceptés qualsevol cosa, un vell, un vidu, algú que pogués convenir-li.

Un arranjament qualsevol.

Però, per damunt dels malalts als quals tractava i atenia, de qui més aprenia, a banda de l'Elisabet Roca, era d'elles.

Aquella tarda, havia acabat abans la feina, després d'un dia molt més tranquil del que era normal. La posta de sol, la llum, la bellesa de la naturalesa, formaven un embriagador conjunt que es feia irresistible. Quan la Viji i la Narayan van sorgir com ombres al seu costat, no va poder resistir-se a compartir amb elles la seva solitud.

—No hi ha cap barca per aquí?

—No —va dir la Viji.

—Però, si hi ha un llac, a la força ha d'haver-hi barques.

—Ell no deixa.

—Qui?

—Mahendra.

—Per què no deixa que es navegui pel llac?

—Pushpa i els seus fills s'hi van ofegar.

—Déu meu! —va mirar el llac amb aprensió.

—Cadàvers de nens aparegueren. Pushpa mai.

L'aprensió es va tornar un malson.

El llac era més que una tomba i una mortalla.

—Mahendra tornà boig i molts homes passaren dies i nits buscant Pushpa —va concloure la Viji—. No trobaren. Mahendra gairebé va fer dessecar llac, però ni ell pot arribar a tant i llac continuà aquí.

La Narayan va parlar amb la seva germana. Estava especialment bonica, amb un sari vermell i verd, brillant, i un collaret daurat envoltant-li el turmell esquerre. Totes dues anaven descalces.

—Diu que anem a palau.

—A la casa d'en Mahendra? —es va estranyar la Sílvia.

—No problema, i és maca. Mahendra viu sol a la part del darrere. Hi ha un criat, però ell deixa que súbdits hi vagin a presentar respectes. Jardí molt bonic.

Li picava la curiositat. Un palau. El misteri del seu personatge. Ni tan sols havia parlat d'allò amb l'Elisabet Roca. Se sentia com si transgredís un passat embolcallat en una obscura tragèdia.

—No és lluny, oi? —va buscar la silueta de la mansió entre els arbres de l'altra vora del llac.

—No, molt a prop. Anem.

Es van posar una a cada costat, la van agafar de les mans i la van estirar.

* * *

Tenia una altra idea del que era un palau, sens dubte influenciada pels seus contes infantils o per les pel·lícules de Walt Disney. Però per a la Viji i la Narayan era lògic que ho fos. La casa era enorme, gran i impressionant, i mostrava la seva estètica hindú tant com la deixadesa que l'envoltava, com si el temps hagués començat a trenar la pàtina de l'edat per damunt d'aquells murs gastats i descolorits. I no tan sols es tractava de la casa. El jardí també era una selva en la qual ningú, des de feia anys, es preocupava de tallar i podar les plantes, arrencar les males herbes o tenir cura dels parterres de flors. A totes dues bandes de l'entrada, amb la tanca oberta de bat a bat, va veure dos estanys completament coberts de nenúfars. Les primeres granotes anunciaven amb el seu raucar la imminència del vespre. Una font central mostrava la seva sequedat, amb la pedra picotejada com si una erosió implacable l'hagués anat minvant. Allà, en un altre temps més gloriós, potser hauria viscut algun dels vells *maharishis* de l'Índia eterna, la que formava part de tantes llegendes abans que Gandhi hagués aconseguit el miracle de la independència el 1948, tallant tants anys de jou i esclavitud britànics.

—Agrada?

—Molt —va reconèixer la Sílvia.

—Vine —la va estirar una vegada més.

L'embarcador quedava a la dreta. No hi havia cap barca o embarcació. Les aigües del llac eternament quiet, com si volguessin preservar el cos de la dona que reposava al fons, formaven un mirall de plata. No tan sols era el temps, que s'havia aturat. La vida també semblava suspesa en l'espai, atrapada entre dos segons eterns.

El silenci era molt més impressionant que cap altre que hagués escoltat.

Perquè el silenci se sentia.

En el cor.

—Dius que la gent hi ve, per aquí?

—No veus portes obertes? Porten flors, encenen espelmes. La Pushpa era molt estimada. Un cop l'any el llac s'omple de flors i llums en el seu honor.

—On anem?

Voltaven la casa per la dreta. Les finestres estaven tancades. La del llum sempre encès era al segon pis. La Sílvia va alçar el cap però no va poder veure res. En acabar la paret, va comprendre el motiu perquè la Viji volia ensenyar-li allò. Per la part del darrere, que en realitat era la principal i la més maca, s'obria una enorme extensió de jardí, com la meitat d'un camp de futbol. Imaginar-s'ho amb la gespa tallada, ple de persones en una festa o amb una gran taula per celebrar un àpat, va ser senzill. El to magnífic es feia més intens a la façana del palau, amb quatre grans columnes, la porta i les finestres treballades amb cura, escultures de lleons i elefants, sempre amb la trompa cap amunt, com manaven els cànons.

—Ens n'hauríem d'anar —la va assaltar un atac de sentit comú.

Una vegada havia llegit que, a la guerra, hi havia dues paraules que definien les derrotes: «massa tard».

Va saber que era massa tard per a ella quan va escoltar aquella veu, en anglès.

—Què hi feu, aquí?

* * *

Podia haver engegat a córrer, seguint les espaordides Viji i Narayan. Però, a diferència d'elles, ni era una nena ni tenia per què amagar-se sense donar la cara. Avergonyir-se, sí. Allò altre, no. L'ensurt la va deixar sense parla amb prou feines un o dos segons, el temps de girar el cap i trobar-se amb ell.

No podia ser el criat, sinó en Mahendra mateix.

—Ho sento, jo...

Era d'alçada mitjana, molt indi, els cabells negres i brillants, els ulls vius i orlats amb aquell punt d'intensitat que els feia semblar humits i enrogits, els llavis carnosos, la pell fosca. Si pensava que els prínceps o els adinerats vestien segons el costum del país s'equivocava. L'amo de la casa portava uns pantalons de color crema, tan planxats com si se'ls hagués acabat de posar feia un minut, unes sabates blanques impecables i una camisa marró al damunt.

La Sílvia no portava l'uniforme. Vestia amb la comoditat habitual que la caracteritzava, pantalons texans i una brusa. De cap manera tenia aspecte de turista. En Mahendra no va haver de preguntar d'on venia, però sí qui era.

—Parles anglès?

—Sí?

—Com et dius?

—Sílvia.

—Sílvia, va repetir ell.

—No era la meva intenció...

—La Viji i la Narayan Lakthi són bones noies però impertinents, per l'edat —va somriure amb una certa melangia—. De quin país ets?

—D'Espanya.

—No parlo bé l'espanyol —va dir en castellà abans de continuar en anglès—. I la doctora Roca no té temps d'ensenyar-me'n.

—De quina part d'Espanya véns?

—Barcelona.

—Jocs Olímpics —va somriure una mica més i va mostrar la perfecció de les seves dents blanques—. Jo era molt jovenet.

No va saber què més fer o dir. Continuava quieta com un estaquirot, mentre ell l'observava amb minuciosa atenció des de dalt de l'escalinata formada per tres esglaons. La vergonya es va apoderar una mica més del seu ànim.

—Perdoni —es va excusar una altra vegada—. Ja me'n vaig.

—No, espera —la va aturar abans que pogués fer un pas—. Vine.

No va entendre la proposta.

—Puja —va repetir en Mahendra.

No semblava un home habituat a ser desobeït. De tota manera, podia ser l'ordre, el gest amb la mà, però també el renovat somriure o la invitació més explícita, la dels seus ulls. Es va sentir atrapada.

—No voldria molestar.

—I jo no vull ser un mal amfitrió. Invitada o no, ets aquí. Una llimonada freda?

La paraula *llimonada* li va fer sentir una set sobtada. Quant feia que no se'n prenia una?

—Puc tornar un altre dia —es va resistir per última vegada.

—Un altre dia és molt de temps —parlava un anglès refinat, britànic, potser après a Oxford o a Cambridge—. No siguis beneita, Sílvia de Barcelona. La jornada ha acabat i és aviat per sopar, oi que sí?

Va pujar els tres esglaons. En Mahendra l'esperava al capdamunt. Quan es va aturar davant seu, ell va unir les mans i va inclinar el cap. La Sílvia va fer el mateix. Tots dos van pronunciar l'expressió ritual: «Namaste». De prop encara era més singular. El seu atractiu era especial, dolç, i el seu rostre transmetia pau, una relaxació absoluta. Ella era una mica més alta que ell, un parell de centímetres potser.

—Benvinguda a Pashbar —la va convidar a creuar el llindar de la casa.

* * *

Van caminar pel passat, perquè, sens dubte, l'interior del palau pertanyia al passat, no al present i encara molt menys al futur. Amb prou feines hi havia mobles i els seus passos van ressonar per les sales buides com si arrenquessin vells ressons adormits de les seves parets, amb les finestres tancades, i la sensació d'oblit es feia molt més gran. La penombra conferia a cada ombra una dimensió pròpia. I malgrat tot, allà no es palpava el dolor. Només la nostàlgia. N'hi havia prou d'imaginar l'esplendor d'altres temps per recuperar la seva vida.

No es va aturar fins a arribar a una habitació diferent de la resta, una biblioteca o sala de lectura. Allà hi havia dues butaques i una taula; tres de les quatre parets estaven plenes de llibres. A la quarta hi regnava una finestra oberta per la qual l'aire circulava lliurement.

—Espera't aquí, Sílvia —la va fer passar ell—. Vaig a buscar la llimonada.

—Gràcies.

—Suposo que ja saps com em dic.

—Sí, senyor Mahendra.

Va somriure burleta i els ulls li van espurnejar amb una viva alegria.

—Senyor?

—Mahendra.

—Això m'agrada més —va assentir—. Sí, molt millor. Bé.

La va deixar sola i va aprofitar per asserenar-se. Era una intrusa, estava boja, es dedicava a irrompre en mansions alienes seguint adolescents índies encara més boges que ella, però l'amo de la casa ni semblava un vidu angoixat ni un home ferotge disposat a tenir cura de la seva intimitat amb el màxim de zel.

I sentia aquella curiositat...

La fascinació que sentia qualsevol occidental davant dels misteris d'Orient.

Va mirar els llibres. No eren vells, heretats d'un o dos segles abans. Allà hi havia algunes de les millors obres de la història, passada i recent. Stendhal, Faulkner, Steinbeck, Tagore, Kafka, Tolstoi o Hemingway juntament amb Toni Morrison, Paul Auster, García Márquez o Neruda. Va agafar el *Canto general* de Neruda i el va obrir. Era una versió en anglès. La primera sorpresa va ser veure la signatura del poeta a la primera pàgina.

—És un dels meus preferits —va escoltar la veu del seu amfitrió.

—Però és molt millor en castellà —va respondre ella—. L'hauries d'aprendre, encara que fos només per llegir això.

Va deixar el llibre al seu lloc. Sobre la taula l'esperaven una gerra de llimonada i dos gots. En Mahendra els va omplir i li'n va donar un a ella. Després va esperar el brindis.

—Benvinguda.

—Gràcies.

En van beure un glop. Estava fresca, gelada, però sobretot era boníssima. La millor llimonada que havia pres en molt de temps. En va fer un segon i un tercer, de glops. El líquid va baixar pel seu cos, vivificant-lo. Va sentir els ulls d'en Mahendra clavats en ella sense cap mena de dissimulació.

—Puc preguntar alguna cosa en compensació per la violació de domicili? —va fer broma.

—Sí, és clar —el va acompanyar en el seu somriure amb timidesa.

—Què t'han explicat de mi?

—Doncs...

—La veritat —la va apuntar amb un dit—. No hauries vingut a veure Pashbar si no tinguessis curiositat.

—Em van dir que vius sol, amb un criat, que les terres on hi ha l'hospital i el llac són teves, que fa anys que estàs reclòs gairebé sense sortir.

—Cert —va admetre.

—No t'avorreixes?

—Tinc negocis, però els dirigeixo des d'aquí —va assenyalar amb un dit el pis superior—. Som a l'era d'Internet i del correu electrònic.

—És clar —va acabar-se la llimonada amb un parell més de glops llargs.

—Ets infermera?

—Estudio Medicina.

—Cooperant?

—Sí.

—T'han parlat també de la Pushpa i dels meus fills.

—Sí —va reaparèixer la sensació d'intrusa.

—Vine, Sílvia de Barcelona.

Va deixar el got damunt la taula i va fer que ella deixés el seu. La va agafar pel braç només per guiar-la fora de l'habitació. Després, la va precedir per una altra sala fins al que devia ser l'entrada pel costat de la tanca exterior. Allà naixia una escalinata doble que conduïa al pis superior. La Sílvia no va fer preguntes, el va seguir i prou. Un cop a dalt va veure un passadís amb mitja dotzena de portes a cada costat. En Mahendra va entrar per la primera de l'esquerra.

Una altra gran sala.

I, en aquesta gran sala, buida tret d'una butaca que ocupava el seu centre, quatre retrats, tres de corresponents als dos fills i la filla de l'amo de la casa.

El quart...

—Pushpa —es va limitar a dir en Mahendra.

La Sílvia va obrir la boca, la seva ment i la seva ànima.

No es tractava només de la seva bellesa, de la seva màgia, d'allò que havia captat el pintor, amb tanta força que era com si el retrat fos real, de carn i ossos. Era molt més.

Perquè allà, i salvant les distàncies, es trobava ella mateixa.

Una semblança tan sorprenent que tallava l'alè.

—L'hi van fer quan tenia dinou anys —va dir en Mahendra.

La seva mateixa edat.

* * *

Tenia tantes ganes de parlar amb ella que amb prou feines va poder esperar el moment adient.

—He estat a Pashbar.

L'Elisabet Roca la va mirar amb sorpresa.

—Què vols dir...?

—Ha estat casual, però sí, amb ell.

—Caram.

—És tot el que se t'acudeix dir? Per què no me n'havies parlat, d'en Mahendra? —no va reprimir la seva excitació.

—No se'm va acudir.

—Vivim a les seves terres, tot això és gràcies a la seva generositat! —va assenyalar l'hospital.

—La del seu difunt pare.

—Continuen sent les seves terres!

—Sembla que t'ha impressionat —va calcular, mirant-la de reüll.

—Déu meu, és...! —no va trobar les paraules escaients—. Aquest home va perdre la seva dona i els seus fills, viu allà tancat, és intel·ligent, encantador...

—Fascinant —va posar-hi l'expressió adequada.

—Sí, fascinant! Sabies que m'assemblo a la seva dona d'una manera que fa posar els pèls de punta?

—No, això no ho sabia.

—No m'ho podia creure. Era allà, davant del seu retrat, mentre ell em parlava de la seva dolçor, que era meravellosa, que van ser molt feliços... I ho feia amb naturalitat, parlant amb la tendresa de qui ha viscut l'amor vertader.

L'Elisabet Roca no va dir res. Es va asseure en una cadira, com si intuís que allò anava per llarg.

—Perdona —es va recuperar una mica la Sílvia—. És que creia que aquestes històries només passaven a les pel·lícules.

—No és una història de pel·lícula —va respondre la doctora—. Per descomptat que Mahendra Pravsh és un home singular, pel seu llinatge, per la seva cultura, per haver-se casat amb una autèntica princesa índia, per la seva tragèdia...

—És cert que és ric?

—No del tot. El fet de tenir unes terres o viure en aquell casalot no equival a ser ric, si més no com ho imaginaríem al nostre país, folrat de milions. Diguem que la seva és una d'aquelles famílies vingudes a menys. Però tampoc és pobre. El que és bo és que fa molt per la gent, ajuda de veritat, la seva educació occidental li ha fet veure els problemes del seu país des de fora. Però arran de la mort de la seva dona i dels seus fills es va tancar a Pashbar i va llençar la clau de la porta, del món sencer. Adorava la seva esposa i els seus fills. Costa de creure que no es tornés boig quan els va perdre tots quatre de cop. En cinc anys només he parlat amb ell dos cops. En canvi, abans...

—La casa devia estar plena de vida, oi?

—Era més que vida, Sílvia. Era pura llum.

—M'ha demanat que el vagi a veure —va serrar els llavis assetjada pels dubtes—. Creus que ho he de fer?

—Per què no?

—M'assemblo a la seva dona!

—Creus que viuràs una novel·la romàntica?

Era una bajanada. En Mahendra havia estat encantador i només això. Per a ell també devia ser una novetat. Una dona jove i guapa amb la qual parlar. Una companyia inesperada. La primera en cinc anys.

—És que tot ha estat tan...

—Fascinant, recordes? —va recuperar la seva primera expressió—. Les mil cares de l'Índia.

—Sembla que t'ho agafis de broma.

—No, en absolut —va dir amb pacient serenitat—. Però en tinc prou de veure't per saber que alguna cosa t'ha sacsejat les entranyes. I als meus anys no deixa de sorprendre'm la naturalesa humana. En Mahendra, el que representa, el seu gran amor, la seva història... Tot forma un còctel prou explosiu perquè se t'hagi despertat la imaginació i el que és més fort: la curiositat. L'única cosa dolenta pot ser que t'hi impliquis massa, perquè tu ets de les que es llancen a la piscina sense veure si hi ha aigua, estimada.

—Tampoc no és això.

—Llavors... —l'Elisabet Roca es va posar dreta—. Per si de cas, vés amb compte —li va dirigir una mirada final plena de dubtes—. No tractis de penetrar en la seva ment, perquè no podràs. És l'únic que puc dir-te.

—Per què?

Ja estava caminant. Ni va girar el cap quan li va dir:

—No s'entenen deu mil anys de tradició i d'història en deu setmanes, reina.

* * *

La nena havia ingressat la tarda anterior, però ella era la primera vegada que la veia. Era menuda, d'uns set o vuit anys, tal vegada nou, i molt maca, amb la seva cara de nina, llavis delicats, cabells arrissats. En aturar-se al seu costat i trobar-se els seus ulls, els de la pacient es van obrir com taronges. La Sílvia va pensar que potser era la primera blanca que coneixia, a banda de la doctora Roca, o que potser li sorprenien els seus cabells, el color dels seus ulls.

—Hola —li va somriure.

No va entendre el que li deia, però es va quedar quieta quan la nena va alçar una mà vacil·lant i li va acariciar la cara, com si volgués comprovar que fos autèntica.

—Com et dius? —li va tornar la carícia.

—Sahira —va sentir una veu al seu darrere.

Va girar el cap i es va trobar amb en Leo.

No va saber què dir-li. Expressions com «et veig poc» o «com estàs?» li semblaven obsoletes. L'aparegut no la mirava a ella, sinó a la nena. El seu rostre tenia aquella estranya serietat tintada d'amargura.

La petita li somreia.

En Leo li va dir una cosa en la seva llengua. La nena va somriure encara més. Els seus ulls van passar d'ell a la Sílvia. Va mussitar una altra paraula incomprensible i l'oftalmòleg va assentir.

—Què ha dit?

—Que ets molt guapa.

—Ella també.

En Leo la va mirar fixament. Es va sentir com si la travessés de banda a banda.

—És a punt de morir —va ser concís.

S'esperava qualsevol altra cosa. No allò. Ho va considerar com un tret a la seva consciència, amb ànim de fer-li mal. No era una informació, si més no tal com ell li ho havia dit. Era com si la culpés d'alguna cosa, fins i tot d'aquella tragèdia.

—Escolta...

—No puc —es va apartar del seu costat—. Tinc feina. Però queda't amb ella una estona. Sembla que li agrades.

Tota la ira quedà al centre de la seva ment, formant un núvol compacte. No obstant això, es va esvair quan la Sahira la va tornar a tocar i li va agafar la mà.

Capítol sis

En Leo realitzava els seus exercicis, com cada matí, puntual, flexible i bell com una figura de marfil animada. Tota l'animadversió que sentia en resposta a la que mostrava ell cap a ella, desapareixia en moments com aquell. La plàstica de l'escena era singular. A més, li costava avorrir algú només pel fet de no caure-li bé, sense més ni més, sense que existissin altres raons. Hi havia alguna cosa en l'interior dels ulls d'en Leo que mostrava un gran dolor, la contenció d'una ràbia que, sense saber per què, ella aconseguia fer aflorar a la superfície.

N'estava farta, de tenir aquella pedra a la sabata de la seva nova vida.

Primer de tot va fer el que era habitual, sortir, sense fer soroll, per no interrompre'l, anar al bany i completar la seva neteja personal de cada matí. Després va tornar al seu bungalou i es va vestir. En Leo continuava els seus exercicis, d'esquena. No volia discutir amb ell en inferioritat de condicions i amb la seva casta roba de dormir; al cap i a la fi, encara que sòbria, era allò, el seu pijama. Quan va estar en condicions, va tornar a l'exterior i es va asseure a l'esglaó superior de l'escala tot esperant que acabés la taula de tai-txi o com caram es diguessin els exercicis d'aquella disciplina xinesa.

En una de les figures, en Leo la va acabar veient.

Allò va acabar de descentrar-lo completament. Es va aturar.

—Continua, puc pagar l'entrada —va dir ella.

En Leo va encreuar els braços com ho hauria fet qualsevol noia insegura intentant dissimular els seus pits.

—Quan fa que ets aquí?

—El temps suficient per saber que ets un bon tipus que fingeix ser un bord i ho fa a consciència.

—Així que ets psicòloga.

—No, i a més amb tu no em fa falta. Ets transparent, saps?

Va fer el gest d'anar-se'n, però la Sílvia el va aturar.

—T'estic parlant.

—Tinc feina.

—Vine aquí! —li va ordenar.

—Què?

—No es deixa una noia amb la paraula a la boca. Si vols discutir, discuteix. Si et vols barallar, ens barallem. Però no fotis el camp, com fas sempre, després de deixar anar gripaus i serps per la boca.

—Escolta, escolta...

—No, escolta'm tu —la Sílvia es va aixecar per estar a la seva alçada—. Que no et caic bé? Perfecte. No passa res. Però no m'has donat ni una opció, ni així

—va unir el polze i l'índex de la seva mà dreta—. Tan bon punt vaig arribar, em vas catalogar; em vas penjar un cartellet i adéu. Ni tan sols t'has molestat a saber qui sóc, què faig aquí, per què he vingut a fer exactament el mateix que tu: cooperar. No sé quina mena de metge ets o seràs, però fins i tot tu has de saber que això no és just.

—Et creus tan important? —la suor començava a caure-li pel cos, fent regalims—. És que et penses que ets el centre de l'univers i que tothom s'ha de muntar una pel·lícula amb tu només de veure't?

—Tu te l'has muntat.

—No és cert.

—Sí que ho és. Filla de metges famosos, noia rica, capritxosa, que, en comptes d'anar-se'n a Bali de vacances, ve a l'Índia per tenir «noves experiències» —va fer el gest de posar cometes a aquestes dues últimes paraules amb dos dits de cada mà—. Tot el contrari que tu, noi pobre, amb problemes, vocacional, consagrat, patidor... El resum és clar: tu ets meravellós i jo sóc una merda. Em deixo alguna cosa?

L'havia atacat a consciència, de manera inesperada i on més podia fer-li mal. Ella mateixa se'n sentia sorpresa. Mai no hauria fet una cosa semblant a Barcelona. Si algú passava d'ella, ella passava d'ell i punt. Allà, en canvi, la molestava. Necessitava...

Aquella paraula, «necessitar», va deixar empremta en el seu ànim.

—Tu no saps res de mi —en Leo estava furiós.

—Ni tu de mi —va mantenir les seves armes alçades—. Això és el que és injust i no m'importaria si no fos perquè som aquí, sols, perduts, i potser sigui alguna cosa més que un luxe menysprear-nos per no res.

Per un moment va témer que ell esclatés, que continuaria la discussió, que rebentaria d'una vegada i deixaria anar tot el que portava a dins i li premia l'estómac. Va ser un miratge. Estava disposada a netejar el terra que trepitjaven.

En Leo no.

Encara no.

Va tancar els punys amb força, va recollir la tovallola del terra, encara que no es va molestar a assecar-se la suor, li va llançar una última mirada i se'n va anar.

Aquest cop la Sílvia no el va aturar.

Era la primera ocasió en què la seva mirada no es revestia d'animadversió, sinó que transmetia sentiments molt més íntims i profunds a través d'una escletxa oberta en la seva cuirassa.

Sentiments com la inseguretat, el desconcert..., i la por.

* * *

Hi havia flors a l'entrada, fresques i boniques. Va estar a punt d'agafar-ne una per posar-se-la als cabells. Va decidir no rompre l'harmonia de l'ofrena i va creuar el jardí entre els estanys plens de nenúfars. La sensació, només de ser allà, dins dels murs del palau, ja era diferent, com si la tanca, per més que estigués oberta, fos una frontera. La pau es modelava a l'aire, creava invisibles figures plenes d'harmonia. Sentia com si els seus pensaments poguessin adquirir forma.

Va vèncer la irresistible temptació de dirigir-se a l'embarcador. Hauria estat com trepitjar la tomba de la Pushpa. Des que sabia que en el fons del llac hi reposava la princesa morta, el contemplava amb uns altres ulls. Fins i tot comprenia la seva quietud, la placidesa de les aigües sempre immòbils. A més, ell la podia veure des de les finestres superiors.

Va pujar l'escalinata i penetrà a la casa. No se sentia res. El silenci era absolut. No va saber què fer: si cridar a l'espera de ser sentida, o caminar fins que fos descoberta. Totes dues maneres d'aparèixer li van semblar incertes, per més que en Mahendra li hagués dit que seria sempre ben rebuda.

Només pensava en ell, així que es va espantar en veure un home a la seva dreta. Anava descalç, per això no l'havia sentit apropar-se, i vestia amb una elegància índia passada de moda, faldilla blanca, camisa d'un color verd fosc molt brillant i un turbant tocat amb un ornament platejat. El seu bigoti era el més frondós i ben cuidat que havia vist, arrodonit per dalt amb les puntes cap amunt després que el pèl descendís pels costats amb molta elegància.

—Senyoreta Sílvia —ho va dir en anglès, donant per descomptat qui era, mentre s'inclinava lleugerament.

—Jo...

—En Mahendra m'ha dit que vostè sempre és ben rebuda en aquesta casa i que ni tan sols he d'anunciar-la, tret que sigui l'hora del seu bany o de la pregària.

—I ara, s'està banyant o està resant?

—No. Pugi —es va inclinar de nou i li mostrà l'escalinata que ascendia al pis superior.

La Sílvia inicià l'ascensió. Quan va arribar a la seva destinació, la primera cosa que va percebre va ser una intensa olor de sàndal. La porta de la sala dels retrats estava oberta, així que s'hi va encaminar. En treure el cap en el seu interior no hi va veure ningú, encara que el sàndal cremava en mitja dotzena de varetes allà, prop de la butaca situada davant de les imatges, en el seient de la qual hi havia un llibre i uns folis.

No va poder resistir la temptació.

Va caminar fins a la butaca i va veure que el llibre obert i cap per avall era «Canto general» de Neruda, dedicat pel seu autor. Els folis, impresos d'Internet, contenien «Canto general» en castellà.

Va somriure.

No volia mirar el retrat de la Pushpa, però ho va fer. Va arribar fins a la porta de la sala i es va aturar, vençuda, atrapada per aquella màgia. Un imant poderós incapaç de ser resistit. Potser totes les noies de dinou anys s'assemblaven als retrats fets pels pintors més sensibles. Però la dona, la imatge la qual penjava de la paret, era índia. I feia cinc anys que era morta.

El seu somriure, la seva bellesa pura i immaculada...

Abandonà la sala sentint-se una intrusa i va buscar en Mahendra.

El va trobar en una terrassa exterior, que donava al jardí per la part del darrere, inclinat sobre la balustrada, amb la mirada perduda en el llac. Vestia com si estigués a punt de sortir per acudir a un sopar o a una festa, amb cura, elegant, tal vegada negant-se a la debilitat, resistint, sabent que quan es viu sol en una casa carregada de nostàlgies i records, sempre s'acabava cedint al pendent de l'ocàs.

* * *

La llimonada continuava sent excel·lent, la millor que recordava haver pres mai.

Ja era el segon got que en bevia.

—On l'aconsegueixes?

—En Pankaj la fa.

—Llavors et robaré en Pankaj quan me'n vagi.

—No podràs —va somriure—. El van fer amb aquest palau. Si l'en separes, morirà.

—Així que és amb tu des de sempre.

—Va servir el meu pare. M'ha vist néixer i créixer. No sé què faria sense la seva ajuda.

La Sílvia va mirar els arbres que projectaven les primeres ombres del vespre. Asseguts al jardí, al voltant d'una taula de ferro pintada de blanc, amb ferramentes barroques i molt sobrecarregades, sota una improvisada carpa de lona, l'escena tenia reminiscències de velles pel·lícules com *Passatge a l'Índia.* Allà hi havia l'indi bell i l'europea insegura. L'única diferència era que ella no vestia com les dames de començament del segle XX, sinó amb molta naturalitat. Fins i tot s'havia descalçat per trepitjar l'herba i tenia els peus sota el cul, a la gatzoneta, una de les seves posicions preferides. En Mahendra li havia mirat molt els peus quan ho va fer. Els tenia macos i ho sabia, però era el primer home que se'ls mirava i els admirava sense ocultar-ho, encara que amb un cert pudor.

Tot en ell era control.

—Puc fer-te una pregunta personal?

El seu silenci va ser una invitació tant com el lleu assentiment amb el cap, però el seu rostre es va tibar lleugerament. La Sílvia va comprendre que esperava alguna cosa relacionada amb la seva família.

—Per què no vas mai a l'RHT?

En Mahendra va semblar alleujat.

—No ho puc fer —va dir.

—Per què?

—Allà la gent hi mor. És un lloc de dolor. No vull veure la mort. Ja no.

—Jo diria que és tot el contrari, un lloc de curació, d'esperança. Aquest hospital és a les teves terres.

No va aconseguir una nova resposta. Els ulls del seu amfitrió estaven fixos en ella, encara que no eren pas inquisidors, ni expressaven cap altra cosa que no fos la satisfacció de tenir-la allà. La mateixa pau del jardí, la que fluïa de la casa, s'estenia a través d'ell i la seva mirada. En Mahendra sí que podia passar per un indi fascinant de *Passatge a l'Índia.*

Era un indi fascinant.

—Fuges i t'amagues —es va atrevir a dir-li amb un punt de mal educada gosadia.

—És possible —va concedir ell—. Però qui fuig sempre va d'un costat a l'altre, i qui s'amaga no es pot trobar. Jo sóc aquí. Tu m'has trobat.

—No t'agrada viatjar?

—No.

—Ni conèixer persones, no ho sé...

—Aquí tinc tot el que puc desitjar.

No es va atrevir a continuar. Probablement, era la primera dona que era allà des de la mort de la seva esposa. I potser la primera visita. De la mateixa manera que entre en Leo i ella tot havia començat malament, amb en Mahendra era tot el contrari. Semblaven vells amics. Existia un nexe, un corrent empàtic. Eren tan diferents l'un de l'altre que allò els apropava.

I la curiositat formava part de l'essència més intensa de la naturalesa humana.

—Puc preguntar-te jo una cosa personal?

—No tinc secrets —la Sílvia va obrir les mans mostrant innocència.

—Què fa una persona com tu en un lloc com aquest?

—Ajudar.

—No hi ha necessitats al teu país?

—És diferent.

—La pobresa és igual arreu.

—Et sorprèn que sigui a l'Índia?

—Em sorprèn que algú com tu, jove i bonica, dediqui el seu temps a això.

—Ser jove i bonica no significa res. Què passa, que només poden venir les grans i les lletges?

—No volia dir això —es va excusar.

—Ja ho sé, perdona.

—No, sóc jo qui t'ha de demanar perdó per la meva grolleria. Em sembla fantàstic que t'estiguis aquí, Sílvia de Barcelona.

—Crec en el que faig, saps? —va rumiar un segon la manera de continuar, sense fer cas del somriure d'en Mahendra—. Sempre vaig voler ser metgessa, i no tan sols perquè els meus pares ho siguin. De vegades tinc por que la vida em passi massa de pressa, sense fer tot el que jo vull. I, d'altres, que sigui inútil, la qual cosa per a mi seria terrible. No vull arribar a l'últim sospir sense haver-me buidat abans, sense saber que el meu pas per la terra ha valgut la pena. Vull morir plena, i aquest, malauradament, és un món que necessita que moltes persones se n'emplenin.

—Tens promès? —va assenyalar les seves mans lliures d'anells.

—No.

—No? —va mostrar una certa incredulitat.

—Et dec semblar una vella de dinou anys, d'acord —va moure el cap d'una banda a l'altra—, però ja saps que allà és diferent. La gent es casa als trenta.

—Ja ho sé, això. La meva sorpresa és perquè no puc creure que ningú no s'hagi interessat per tu.

—Interessar-s'hi, s'hi han interessat molts —no ho va dir amb petulància—. Una altra cosa és que jo sigui fàcil.

Es va adonar que no volia parlar-li de l'Artur. La paraula «nòvio» se li feia estranya. I més encara la paraula «promès». L'Artur i ella només sortien junts i s'estimaven.

Només.

—Tens amics?

—Molts.

—Algun en especial?

—Tots els amics són especials; si no, només serien coneguts.

—D'acord —es va rendir—. Vols que parlem del temps, dels monsons, de la meva família, de la meva infantesa?

Es va posar una mica vermella.

Però no va arribar a trair-se.

—Parla'm de la teva família, sí —va proposar a en Mahendra.

* * *

Des que era allà, el temps havia deixat de comptar.

Ja no el podia mesurar en dies, i encara menys en setmanes. Tampoc no comptaven les hores o els minuts. Simplement era temps, un encadenament de moments, de circumstàncies, de situacions de vegades agradables i, la majoria, dotades de molta angoixa o tensió per la urgència o la manca de mitjans. Per cada mort que passava a l'oblit, hi havia deu, vint malalts curats que pagaven amb un somriure i unes llàgrimes la tornada a la vida. Acomodar-se no era la paraula escaient. Més aviat comprenia que s'estava adaptant, tornant-se a situar com a ésser humà i com a persona dotada de sentiments i raciocini. Cada nit es congratulava d'haver fet aquell pas i de ser allà. Cada matí s'aixecava amb un ànim renovat, prescindint del cansament del dia anterior i de l'adversitat de cada problema. Si mirava enrere, es trobava amb tantes coses noves que..., quedava parada que totes estiguessin ara a la seva vida. Si hi reflexionava, se sentia aclaparada: l'Elisabet Roca, en Llorenç Giner, en Mahendra, en Leo, fins i tot les seves fantasmals i inseparables Viji i Narayan. La distància amb relació a casa seva creixia i creixia, molt més en la seva ment que en el seu cor.

Una distància que no li impedia pensar en el seu pare, amb aquell rampell de dolor, o en la seva mare, amb l'angoixa de la solitud. Cada cop que parlava per telèfon amb ella, i ja ho havia fet tres cops, evitava les hores que el seu pare hi pogués ser present. No se sentia amb forces per parlar-hi. I el mateix li passava amb l'Artur. El seu correu electrònic havia estat tan impersonal, tan... mesurat. Com si estigués de vacances, passant-s'ho bé en una platja de moda, sense cap problema del qual preocupar-se.

Si més no, no li havia dit Miss ONG.

En Leo ja no feia exercicis de tai-txi davant dels bungalous cada matí. Sabia que no hi renunciaria i, després d'investigar, el va descobrir al costat del llac, seguint el ritual de cada matí. L'home misteriós.

L'Elisabet Roca deia que li donés temps.

—Se sent amenaçat.

—Per mi? —va al·lucinar la Sílvia.

—Una noia maca sempre remou els cors i desencadena tempestes.

El mateix de sempre, el seu capell etern: «una noia maca». Com si els homes fossin idiotes i pel simple fet de ser-ho ja no poguessin comportar-se amb normalitat davant seu. «Una noia bonica». Hi havia crescut, amb això, unes vegades orgullosa, unes altres resignada, molts cops, furiosa. Les seves amigues l'envejaven, deien que era perfecta, la cara, el pit, la cintura, les cames, l'alçada... D'altres, no tan amigues, l'odiaven. Com si ella en tingués la culpa. Mai no s'havia comportat com una «noia maca». Mai. Mai no havia estat estúpida, ni creguda; ben al contrari, pel fet de saber-se atractiva, havia treballat més que cap altra, per guanyar-se el respecte dels altres, la seva confiança. Era una bona persona, una bona amiga i companya; feia favors, se sentia solidària i era intel·ligent.

Més d'un noi, dels pocs que s'atrevien a apropar-s'hi, s'ho havia agafat com una sorpresa:

—Ets llesta, saps?

I, llavors, ella tancava els punys ben fort, s'empassava el que pensava, es mossegava el llavi per no cridar i dir-li que era un imbècil.

Des dels catorze o quinze anys van començar a dir-li que si anava per model, que si es presentava als càstings potser acabaria fent cinema, que sent tan bonica...

Què? Aconseguiria un marit guapo i ric?

Els arquetips li feien fàstic i la molestaven.

L'Artur no era maco, era normal; això sí, la seva família tenia una posició molt benestant, així que més d'una li va dir que estava boja, que «podia aspirar a alguna cosa més».

—Però, què hi veus?

El dia que li va dir Miss ONG s'ho va preguntar per primera vegada.

L'Artur, en Mahendra, en Leo. Tres homes diferents, tres maneres diferents d'entendre la vida i el món, tres parts d'un tot.

Es va mirar al mirall. La pell de la seva cara ja no tenia aquella finor del primer dia. Les picades dels mosquits li havien esquitxat el cos de favasses. Les mans ja no eren suaus ni tenien les ungles degudament tallades i cuidades. I no li importava.

Això no obstant, malgrat tot, el mirall no mentia.

«Una noia maca».

—Merda! —sospirà.

* * *

Aquella nit ho va provar. Va despenjar l'auricular, marcà els primers números, el doble zero, el 34 corresponent a Espanya, el 93 de Barcelona...

Però no va poder continuar.

Per què li era tan difícil parlar amb ell?

De què tenia por?

L'estimava, i l'Artur a ella. Tanmateix, la distància en quilòmetres no era ni la meitat de la distància que sentia ara en el seu cor. Espai i temps. L'espai era allà, en la seva separació carregada de reflexions. Necessitaven temps per aprendre, madurar, valorar. I encara no se sentia preparada per mantenir una conversa, ni llarga ni curta, amb l'únic ésser que hauria necessitat al seu costat aquells dies. Com es compagina l'amor quan les persones apunten en direccions contràries? Qui cedeix? O potser cal preguntar-se: per què ha de cedir algú? El seu món s'estava obrint. L'Índia i el que feia donaven, per fi, un sentit a les seves inquietuds. Però si per a l'Artur era Miss ONG...

Va deixar el telèfon, li va girar l'esquena i va tornar al seu bungalou.

Li enviaria un altre correu electrònic, trivial, insubstancial, perquè sabés que estava bé i poca cosa més. No era un càstig. Només la realitat. Necessitava tot l'estiu. I al capdavall..., potser quan tornés ja no hi hauria res per preocupar-se. Un estiu sencer donava per molt. La Beatriu potser ja l'estava aprofitant.

L'estimada Beatriu, enamorada sense cap secret de l'Artur.

Podria resistir ell?

Quant estaria disposada a donar ella?

—Però, què estàs dient? —es va posar una mà a la cara i es va fregar els ulls—. Mira que ets idiota...

El llum del bungalou d'en Leo estava encès. Va sentir ganes de plantar-se a la seva porta i tornar a cridar-li. Per descomptat que va ser una idea absurda, tan momentània com estúpida. Però es va sentir encara més furiosa per haver-la tingut. Començava a desbarrar. Es va refugiar al seu bungalou, es va assegurar que no hi hagués mosquits sota la mosquitera i, un cop ho va haver fet, es va despullar.

El llum etern de l'altre costat del llac va titil·lar.

El far d'un gran amor.

Com si la Pushpa pogués emergir de les aigües, viva, per retrobar el seu camí a casa i reunir-se amb l'home que l'havia estimat tant i tant...

La Sílvia es va demanar què devia estar fent en Mahendra en aquell moment. Qualsevol cosa menys dormir, n'estava segura. Li havia dit que dormia només cinc o sis hores cada nit, que no en necessitava més. Li ho va explicar quan ella li va dir que era una dormilega, que podia passar-se nou hores al llit. Se'l va imaginar llegint, comparant els versos en castellà de Neruda amb els traduïts a l'anglès, o potser assegut en aquella butaca, davant dels retrats de la seva dona i dels seus fills.

I no hi havia res de masoquisme en allò.

Res.

Només pau.

La pau que encara necessitava ella i que li va impedir agafar el son durant més d'una hora des que es va ficar al llit i va tancar els ulls.

SEGONA PART

La meitat de la bellesa depèn del paisatge,
l'altra meitat de l'home que el mira.
Lyn Yutang

Capítol set

La Sahira s'aferrava a la vida gairebé amb ràbia. El seu cos s'extingia. La seva ment no. La visitava cada dia, matí i tarda; encara que no podien comunicar-se, es parlaven igual, la petita en el seu idioma, la Sílvia en català. També solia cantar-li, perquè s'adormís. De vegades, era la millor de les medecines. Li cantava i agafava les seves manetes entre les seves, suaus i fràgils com plomes. La seva mare no devia tenir més de vint-i-cinc anys, però semblava molt més gran. No podia passar-se el dia al costat de la seva filla, perquè treballava i s'ocupava dels seus altres tres fills, tots ells més petits que la nena malalta. El seu marit era lluny i ella no tenia ningú.

Hi havia més malalts, altres nens i nenes, però, sense saber per què, la Sahira era la seva preferida.

I no se'n sentia culpable.

Es va alçar del seu costat en veure que tornava a adormir-se i llavors es va trobar amb en Leo, gairebé damunt seu.

—Quant fa que ets aquí? —es va sorprendre.

—Dos, tres minuts.

—No ho entenc...

—T'observava.

El seu rostre era diferent. Mantenia aquella serietat eterna, gran part de la desconfiança que el dominava, però també s'hi endevinaven petites esquerdes, indicis de llum, rendició, fins i tot de tendresa.

—Que et passa res? —va voler saber la Sílvia.

Li va costar dir-ho, va ser com si abans hagués d'empassar-se una bola enorme allotjada a la gola.

—Volia demanar-te perdó.

No va fingir ignorància. Es va quedar molt quieta. Va esperar que ell continués.

Però no ho va fer.

—Això és tot? —va obrir els ulls.

—No, escolta... —en Leo va fer un gest d'avorriment—. Treballes bé, hi poses el coll, no t'arronses, suportes bé tot el que et cau a sobre, no vomites quan veus sang, ni et desmaies davant d'un piló de vísceres escampades... Vull dir que...

—Que ja no et semblo una nena bufona que juga a ser cooperant.

—No era només això.

—Llavors què?

—Conec els teus pares, saps?

—Així que els coneixes i, per tant...

—Bé, ets la seva filla, no?

—I estic orgullosa de ser-ho, què passa? Que potser són uns monstres? La meva mare és una reconeguda doctora que...

—D'acord —la va interrompre—. Jo em refereixo

que pertanyen a la *jet,* la *crème de la crème*. Quan vas aparèixer per aquí, no entenia res. Ara ja veig que em vaig equivocar, si més no en la teva valoració. Tens alguna cosa més que valor, saps? Tens consciència social.

—No sóc una nena *pija, tonta* i rica?

—*Pija* i rica, sí, ho sento.

Ho va dir tan seriós que va estar a punt de cridar-li un altre cop, com dies abans. Quan va captar la ironia i l'espurneig dels seus ulls, contenint el riure, es va calmar.

Estava guanyant alguna cosa més que un amic.

—Ets un cretí que va de víctima —el va acusar acceptant el repte—. No és que siguis pobre i tinguis dificultats per acabar la carrera: és que t'hi gronxes per sentir-te millor i donar la culpa de tot als altres.

—Dispares bales de plata, saps?

—Et dic el mateix.

—Jo no tinc un bitllet de tornada al paradís d'una vida còmoda i fàcil.

—Fàcil? —va estar a punt de saltar i exaltar-se—. Escolta —va sospirar, rendida, en veure que estava a punt de sortir de polleguera—, ho estaves arreglant, d'acord? És que no podem parlar un minut sense discutir? No em coneixes de res. Per què no ens donem una oportunitat?

—Per a què?

—És important per a mi, i pot ser que també ho sigui per a tu! No es pot anar pel món escopint verí i menys en un lloc com aquest, on tots ens necessitem!

Parlaven entre els malalts. Alguns els miraven amb

aire crític, d'altres somreien igual que si presenciessin una baralla d'enamorats. Va ser en Leo qui se'n va adonar, li va agafar la mà i la va estirar.

—Vine, anem a fora —li va demanar.

* * *

No es van aturar fins a arribar a l'exterior, al costat de la carretera, buida de vehicles a aquella hora, encara que no de persones que anaven amunt i avall pel seu marge. Van quedar de nou davant per davant, disposats a continuar la seva batalla dialèctica molt més amigable que totes les anteriors, malgrat la passió que hi posaven.

—Hem començat amb mal peu, ho reconec —va ser el primer que va dir en Leo.

—Mal peu? Ets molt generós —la Sílvia va encreuar els braços—. Vas estar groller, antipàtic, mesquí, estúpid, fatu...

—Vols que vagi a buscar un diccionari?

—No et facis el graciós amb mi!

—Escolta, vas aparèixer en mal moment i ja està.

—I ets tan llest que en vas tenir prou de mirar-me, sabent a més qui era, per fer-te una idea exacta i precisa de mi i de les meves intencions.

—Hi ha gent que et cau malament sense saber per què!

—Jo no et vaig caure malament, vas actuar en defensa pròpia, cagadet de por!

—Por, jo?

—Una noia maca i potent —es va posar els braços a la cintura i va fingir que parlava com un home corpulent—, ui, ui, ves per on! Què deu fer per aquí? Per què no està en una platgeta de moda torrant-se al sol? Oh, Déu meu, aquest és territori de voluntaris i voluntàries de pèl al pit! On va aquesta? Qui es creu que és?

—Ho fas molt bé.

—Deixa de ficar-te amb mi i parla un minut seriosament, sense màscares de masclet ressentit ni defenses de ficapotes irònic que s'escuda en això per tapar la seva impotència!

—Mare de Déu! —es va posar una mà al cap—. No, si de parlar, parles bé.

—I també sé lluitar, senyor tai-txi!

—Per què m'escridasses?

—Perquè no és just que si ho estàs passant malament, a sobre llencis la merda damunt dels altres. Ni és just que facis les valoracions de les persones tot d'un plegat sense donar-los la més mínima oportunitat. Perquè has trigat un munt de temps a adonar-te de qui sóc i de què vaig. I perquè m'ho has fet passar malament, saps? Mira —es va calmar el just per continuar parlant sense tant de nervi—, jo sóc aquí perquè crec en tot això, perquè sempre ho he volgut fer, perquè per a mi no n'hi ha prou d'estudiar Medicina, i obrir una consulta o una clínica, perquè no vull caure a la trampa dels Prats-Olivella, i perquè sento la necessitat de... Ni tan sols sé com explicar-ho.

—Salvar el món.

—Què?

—Tu ets de les que volen salvar el món.

—I què? Això és dolent?

—Els qui volen salvar el món pot ser que, en el fons, vulguin que el món els salvi a ells.

—Això no són més que jocs de paraules.

—Sigui com sigui, no ets una persona com les altres i mai no ho seràs.

—Per què? Per ser filla dels meus pares? Renoi, no fotis!

—Ho veus? Tens tantes ganes de ser diferent i sentir-te útil que això et fa desesperada. Estàs buscant una redempció.

—Busco ser jo i que m'estimin per mi mateixa, com tothom! O és que potser tu busques una cosa diferent?

—Saps què és desitjar una cosa i no poder-ho aconseguir o tenir un somni i comprendre que no el podràs aconseguir mai?

—I tant! Tots desitgem alguna cosa i tenim somnis, i t'asseguro que ser una Prats-Olivella o tenir diners no ho fa més fàcil! T'han rebutjat la beca? Odies el món sencer? Com et penses que em sento jo quan algú com tu em mira de dalt a baix i em menysprea per ser qui sóc o s'imagina el que no és? Tota la vida que suporto aquesta merda! I l'única cosa que desitjava en arribar aquí era treballar, sentir-me lliure i tenir amics! Osti, et necessito com a amic!

—A mi?

—Que potser hi ha algú més, per aquí? —va mirar a dreta i a esquerra posant-se la mà a manera de visera—. Ets l'únic català, tret de la doctora Roca i el doctor Giner, caram! I si, damunt, no veus el més evident és que ets burro, noi!

El tenia superat, desbordat. Ni tan sols es va molestar per l'insult.

—Què és el més evident? —va preguntar, absolutament perdut.

—Que som iguals, Leo, l'un per l'altre! Tant et costa veure-ho?

* * *

La Viji es posava sempre a la seva esquerra, per compensar la coixesa de la cama dreta. La Narayan a l'altre costat. Totes dues l'agafaven de la mà i l'estrenyien amb força, com si així la posseïssin més o temessin que se'ls escapés. No calia que passegessin perquè ho fessin. N'hi havia prou d'anar d'una banda a l'altra, per curta que fos la distància. Eren la seva ombra. A la jove bòrnia i coixa no se li escapava res del que succeïa a l'RHT.

—Ja ets amiga Leo, sí?

—Almenys ja ens parlem.

—Jo sabia —va fer que sí amb el cap, amb vehemència.

—Què sabies?

—A tu agrada ell i a ell agrada tu.

—No siguis matrimoniera. Al meu país la gent és amiga i no hi ha necessitat d'embolics sentimentals.

—Què és em... bolic?

—Relacions.

—Ja, però això és Índia.

Quan volien explicar alguna cosa, tant era que fos la doctora Roca, com en Mahendra o la Viji mateixa, sempre li sortien amb aquella expressió, l'excusa perfecta, el subterfugi ideal: «Això és l'Índia».

La Narayan li va dir alguna cosa a la seva germana.

—Casament a prop —la Viji va inclinar el cap per veure millor la Sílvia amb el seu ull sa—. Vindràs?

—Jo?

—Estàs convidada, sí? Serà maco. Doctora també ve.

—Llavors...

—Bé!

—Què li puc regalar a la teva germana?

—Res, no importa regal.

—A les meves terres no es va a un casament amb les mans buides. És un costum.

—Regala roba interior maca.

—On la puc comprar?

—Teva. Tens cosa vermella preciosa —va assenyalar la seva cintura.

—Les meves calces?

—Calces, sí?

—Però estan usades, encara que les renti...

—És regal personal. Una cosa molt... —va trobar la paraula adient—: íntima.

Les seves calces vermelles. Havia començat l'any amb aquelles calces, perquè li donessin sort.

Era igual.

—Veus molt Mahendra, sí? —la Viji va canviar de tema, tot d'una, donant per conclòs l'anterior, com era també el seu costum.

—És una gran persona. Ens hem fet amics.

—Es guapo i ric. Convé.

—Primer en Leo, ara en Mahendra —li va fer un gest amb la mà en senyal de reprovació.

—Tu pots. Tant de bo algú digués matrimoni a mi.

—No siguis ximple, Viji. Millor sola que mal acompanyada. Vols casar-te amb qualsevol, desconegut, gran?

—És marit —ho va dir amb tota la seva vehemència, com si el món sencer comencés i acabés amb allò—. Narayan tindrà segur el seu primer fill abans d'un any.

Va recordar les paraules de l'Elisabet Roca tan bon punt va arribar: «Té divuit anys, ja és gran, però cap la vol per la seva coixesa i la manca d'aquest ull. Ha estat impossible concertar-li un matrimoni, encara que sigui amb el més vulgar dels candidats. I és tot cor, t'ho garanteixo. Cor i força. Està sana, és treballadora, podria engendrar fills forts... Hi ha països en què una dona no és ningú si no ha tingut dos o tres fills abans de complir els vint. Està socialment marginada».

—Tu ets important aquí —va dir a la Viji fent servir la seva convicció més gran—. Sempre tindràs una feina. Podràs aprendre a curar els malalts, no tan sols netejar. Seria molt bo per a tu.

—Tu boja —es va posar a riure la Viji.

—Confia en tu. Ets llesta.

Havien arribat a la seva destinació, els menjadors. Es van deixar anar totes dues alhora i allò va ser tot. Ni tan sols va obtenir una altra resposta de la Viji. La Narayan va ser la primera a engegar a córrer. La seva germana, fent salts, la va seguir amb tota la innocència per bandera.

La Sílvia va estar a punt de cridar-la, però es va rendir abans de fer-ho.

Capítol vuit

Des que era allà, era el segon accident de trànsit en què s'hi veia involucrat un camió carregat de persones. Els ferits van començar a arribar a l'hospital entre un gran xivarri de veus i crits, clàxons de cotxes, motos i timbres de bicicleta, en carro o en braços de companys i testimonis. Qualsevol mètode era bo per transportar els afectats, alguns greus, d'altres només amb simples contusiones, ferides superficials o ossos trencats. La rodalia de l'hospital es va convertir en un formiguer en pocs minuts. Llavors tots ja estaven en marxa atenent l'allau. L'Elisabet Roca era la que dictaminava la gravetat de cada cas. Hi havia tres graus: quiròfan directe, primeres cures i sala d'espera per al segon torn d'intervencions i els casos lleus que no fossin urgents, per dolorosos que resultessin.

En situacions com aquella, no hi havia grau ni especialitzacions. Tots els cooperants feien de tot. Per començar, moure els ferits en lliteres.

La Sílvia provava d'arrossegar-ne una, ella sola, estirant dels baiards superiors. L'home que hi havia al damunt era obès i perdia molta sang, no estava inconscient, així que ho mirava tot amb els ulls trasbalsats pel pànic. Ell mateix s'aguantava el ventre, pel qual li sortien les vísceres.

La Sílvia va caure de genolls.

Llavors va sentir el crit.

—Au, va!

Va alçar el cap. En Leo era allà, a l'altre costat, disposat a ajudar-la agafant la llitera per l'extrem inferior dels baiards. Ni tan sols va tenir temps de sentir-se bé o malament. La mirada de l'oftalmòleg destil·lava moltes coses, força, caràcter, ànim, però sobretot rendició.

Es va aixecar, va agafar els dos pals i va estirar-los, també, amb força.

Va apreciar el somriure del seu company.

El seu company.

Va somriure també ella, amb orgull, gairebé imperceptiblement.

Després van començar a córrer, carregant el pes de l'home ferit, per conduir-lo fins al quiròfan.

* * *

El dia havia estat dur, però la situació estava normalitzada.

Sempre acabava normalitzant-se.

La impotència de les primeres morts, el dolor per aquella sensació de «no poder fer-hi més», es compensava amb cada somriure de gratitud per part dels que havien curat, els qui tornaven a la vida.

Aquella nit estaven esgotades.

—Estic molt orgullosa de tu —li va dir l'Elisabet Roca.

—Gràcies —es va sentir feliç per l'afalac.

—La majoria de cooperants en el seu primer viatge, acusen l'impacte. És molt desmesurat. Sobretot ho fan els qui estudien Medicina o ja són metges, perquè aprecien més la dimensió del que succeeix. Vénen de l'abundància i es troben amb la manca de mitjans. Procedeixen de llocs en els quals hi ha equipaments, on fer una biòpsia, una exploració radiològica completa o demanar un escàner és tan senzill com fer petar els dits. Aquí no hi ha un escàner en centenars de quilòmetres al voltant. I els malalts formen un riu incessant que no s'acaba mai. No és gens estrany que, malgrat la seva ajuda, molts i moltes passin per una fase de depressió al començament; tanmateix, tots acaben recuperant-se, tard o d'hora. És com l'adaptació dels estudiants de Medicina a les seves primeres guàrdies a les sales d'urgència d'un hospital. La sensació d'opressió desapareix un dia sense més ni més, deixes de sentir-te una merda i tornes a somriure i fer broma amb els companys. A més, això acaba ajudant els malalts mateixos.

—Jo només tinc por d'implicar-me emocionalment amb algun pacient —va revelar la Sílvia.

Va pensar instintivament en la Sahira.

—És normal que tinguem un afecte especial per algú —la doctora es ventava amb un pai-pai de palla, mentre ella es posava líquid repel·lent per als mosquits—. El que tens de positiu, tu, Sílvia, és la teva actitud.

—Mai no m'he rendit davant de res.

—Ja, però som humans. La determinació amb la

qual t'aixeques cada matí és molt important. Per exemple, el que has aconseguit amb en Leo...

—Jo?

—No dic que de seguida vingui a beure al palmell de la teva mà, però el canvi és evident.

—Vam parlar, li vaig dir el que en pensava.

—Saps? Aconseguir el respecte dels altres és una cosa que dóna l'autèntica mesura de les persones. En Leo és un bon cooperant, ja és un gran oftalmòleg encara que no tingui la carrera acabada, però com a ésser humà és un desastre, una ostra tancada, amb massa ferides per cicatritzar. Aconseguir ser la seva amiga és un mèrit absolut. I el mateix es podria dir d'en Mahendra.

—Què passa amb ell?

—Ets ben rebuda a casa seva.

—Bé, per a mi és fascinant i suposo que per a ell represento aquell Occident on va anar a estudiar però al qual no ha tornat.

—En Mahendra ha estat impenetrable durant aquests cinc anys. És el guardià de la tomba de la seva esposa —va mirar el llac—. Per molt diferent que siguis tu, el que has aconseguit, travessant el seu mur de silenci, m'impressiona. Això em demostra una cosa.

—Què?

—Que tens àngel.

—I això què significa?

—Que la gent es rendeix davant teu, els agrades, et parlen, s'obren d'una manera espontània. És un do, estimada. Un do meravellós que resulta perfecte per a un metge. I més per a un psiquiatre.

—Però jo no faré psiquiatria.

—Ho hauries de considerar.

—No, gràcies —va fer un gest amb la mà—. No em veig asseguda en una butaca hores i hores, escoltant els problemes dels altres. Jo vull ser cirurgiana, estar a la primera línia.

—Què n'opines, d'en Mahendra? —va tornar al tema d'abans l'Elisabet Roca.

—Em fa pena.

—Mala cosa.

—No, a veure... —va pensar el que anava a dir—. Em sembla una persona molt interessant, intel·ligent, d'una cultura sorprenent, ple d'història, amb una personalitat molt acusada. Però que hagi estat capaç de renunciar a tot...

—Per amor, no ho oblidis.

—Jo diria més aviat per dolor.

—És un punt de vista interessant, encara que, gairebé sempre, l'amor és dolor, el sofriment més fort per l'efecte més demolidor.

—Si fos escriptora, escriuria sobre ell.

—I si, sense adonar-te'n, estàs fent de psiquiatra?

No ho havia pensat. I no li agradava gaire. Volia dirli que era la seva amiga i prou. Va témer que ella li recordés el mite o la realitat que l'amistat entre un home i una dona és gairebé impossible.

Un dels dos sempre feia aquell pas.

Llavors, de cop, es va adonar que l'Elisabet Roca també havia renunciat a tot per amor, després de la mort del seu marit.

* * *

Passar revisió mèdica amb en Llorenç Giner era molt diferent de fer-ho amb l'Elisabet Roca.

Dos metges, dos veterans, els mateixos pacients, però maneres diferents de veure-ho i enfocar-ho. La doctora era més afectuosa, més dolça; el doctor era més alegre, més irònic. I totes dues maneres servien igual a la mateixa finalitat: infondre ànims a qui estava sota mínims. En canvi, encara no havia estat a la secció d'oftalmologia amb en Leo, ajudant-lo. Els problemes oculars eren endèmics.

—Bé, per avui sembla que acabem —el metge va donar la visita per acabada—. Alguna pregunta?

—Sahira...

—A Espanya podríem curar-la, Sílvia. Aquí, per desgràcia...

—Però s'ha estabilitzat.

—Es manté, que no és el mateix.

Va tenir un rampell i se li van omplir els ulls de llàgrimes. Les va contenir abans que en Llorenç Giner li passés una mà per damunt de les espatlles i l'abracés.

—Va, va —li va murmurar—. Au va, tranquil·la.

Van sortir de l'hospital i el sol del matí els va aixafar, implacable. Plovia cada dia, una estona, preferentment a primera hora de la tarda. Els xàfecs refrescaven l'ambient i ho feien tot més suportable, però, al matí, el terra es convertia en una enclusa. Calia la protecció d'un paraigua per caminar per la carretera, encara que tan sols fossin cent metres. I ells no en portaven cap.

Encara que tampoc no anaven enlloc.

—M'agradaria poder comunicar-me amb ella —va murmurar la Sílvia.

—Tu parla-li. Aquesta nena capta la intenció, que és el que compta.

—No, la intenció no compta si el resultat final és el mateix.

—T'has tornat dura? —li va agafar la barbeta amb una mà i la va obligar a aixecar el cap—. Bé, és un efecte natural, però no deixis que t'arrossegui.

—És que aquí, de vegades, la vida es limita a passar..., així, sense cap més importància...

—La vida mai no passa així com així —va afirmar en Llorenç Giner.

—I això ho diu vostè?

L'home va parpellejar.

—Està enamorat d'una persona i no s'atreveix a dir-li-ho —es va sentir mordaç i agressiva.

—Uf! —sospirà el metge—. Dispares directe al cor, saps?

—Ahir a la nit vaig parlar amb l'Elisabet. Crec que el necessita a vostè tant com vostè a ella.

—Per què? Que et va dir res?

—No cal. Aquestes coses es noten.

—Ja m'hi vaig declarar i ara em toca esperar.

—I es pensa esperar sempre, sense provar-ho una altra vegada, mentre passa el temps a tota velocitat?

—Ja ha sortit el temps —va fer un gest de resignació—. Com que tots dos som grans, penses que se'ns acaba i l'hem d'aprofitar. Molt propi dels joves: sempre la urgència.

Es va adonar que estava una mica fora de lloc, passada de voltes, com si hagués pres o aspirat alguna cosa a l'hospital. No tenia dret a ficar-se a la vida dels altres, i menys en la de dues persones grans amb les quals col·laborava, encara que totes dues li haguessin mostrat alguna cosa més que afecte.

Allà eren els seus pares, uns pares molt diferents dels que tenia a Barcelona.

—Perdoni, no havia... —es va disculpar massa tard.

—No, tant és —va concedir el doctor Giner—. De vegades cal que algú o alguna cosa et recordi les coses, et doni una empenta o et faci obrir els ulls. I tu ets perfecta per fer això.

—Una tafanera.

—Hauries de dedicar-te a la psiquiatria —li va deixar anar com si res.

La Sílvia es va quedar muda mentre tots dos tornaven a l'hospital, fugint de la inclemència del sol.

* * *

Aquella conversa, el dia que li va dir al seu pare que se n'anava de cooperant a l'Índia, la tenia gravada a la ment.

—No deus parlar seriosament.

—Ja ho tinc tot, papa. Els papers, la destinació...

—Te n'aniràs tot l'estiu qui sap on?

—No me'n vaig qui sap on, papa. És un dels hospitals de la zona. Amb personal d'aquí i està coordinat per una Fundació d'aquí.

—Però és que t'has tornat boja o què?

—No veig per què m'he d'haver tornat boja.

—Allò és el tercer món, allà no hi ha res, tret de la

mort i la desolació i en unes condicions extremes! Tu mai no...!

—Exactament, papa —el va aturar—. Jo mai no he fet una cosa així i ja és hora que ho faci si hi crec.

—Creure? De què cony estàs parlant, Sílvia? Des de quan ets la nova Mare Teresa de Calcuta?

—No sóc una santa —va contenir la seva ira—. Faig el que penso que és necessari, d'entrada per a mi mateixa.

—Què intentes provar o demostrar?

—Res.

—Res? —en Rossend Prats havia mirat la seva esposa, muda fins a aquell instant, tot i que la manera en què ella mirava la seva filla ho expressava tot—. Que ho estàs sentint, tot això, Cristina?

—És una decisió en ferm? —va ser l'única pregunta de la seva mare.

—Sí.

—Llavors, no cal parlar-ne més —va arronsar les espatlles la dona.

—Com que no cal parlar-ne mes? Que no ho veus? —el seu pare va moure els braços cap amunt i la seva expressió es va trasmudar encara més—. Tens dinou anys!

—Ja, per això mateix ho faig ara.

—Perquè ja ets major d'edat?

—No, per això no —va desgranar, revestida de paciència encara que els seus nervis estaven ja al límit—. Els meus estudis van bé. Penso que és una edat perfecta per començar a treballar seriosament en allò que m'agrada.

—Curar malalties incurables a l'altra punta de món, això és el que t'agrada?

—M'agrada ser metge, papa, i tu ho saps. De vegades no entenc com vas fer el jurament hipocràtic.

—Mira, ara ja surten les exigències!

—Pare, jo no et dic com has d'exercir la teva professió, així que per favor no em diguis com vols que l'exerceixi jo.

—Sé com penses.

—Llavors, de què estem discutint?

—Filla, totes aquestes idees llibertàries, la cooperació, el servei i donar-se als altres... Estan bé, no dic que no. Però la majoria dels qui ho fan tenen els seus motius i no sempre són altruistes. Uns volen viatjar, uns altres aprendre sobre el terreny com a carn de canó barata i sense responsabilitats, una majoria se senten culpables d'alguna cosa, com si el fet de néixer en un país civilitzat i disposar de mitjans fos una càrrega pesant... Els temps dels *hippies* ja van passar a la història quan jo era adolescent. Mai no seràs una bona metgessa si no et mires les coses amb més fredor i ets més pragmàtica.

—Doncs jo penso que és tot el contrari, papa. Sense passió, res en la vida val la pena.

La mirada del seu pare havia estat sorruda, plena d'intenses càrregues emocionals. La de la seva mare reflectia l'abisme que la separava tant del seu marit com de la seva filla. No estava d'acord amb ell, però temia per ella.

—Per què em fas això, Sílvia?

—Papa, per què et penses que ets el centre de l'univers i que tot es fa a favor o en contra teu? Això no té res a veure amb tu, sinó amb mi!

No es va atrevir a cridar-li que ho necessitava, com necessitava sortir de casa seva una temporada, sentir-se lliure, desplegar les seves primeres ales. No es va atrevir perquè ell mai no ho entendria, ni acceptaria res de semblant. Les seves idees eren com castells de murs gruixuts i sòlids fonaments.

—Tornaràs abans d'un mes —va predir.

—No ho faré —li va doldre la profecia paterna.

—Serà per tossuda.

Allò havia estat més o menys tot. Després, els últims dies, el silenci, com si no existís, com si no se n'anés a milers de quilòmetres de distància. Només la seva mare, a l'aeroport, li va demanar que li truqués per telèfon si necessitava alguna cosa.

Necessitar alguna cosa.

Fins i tot ella pensava que no ho resistiria i que demanaria ajuda per tornar.

* * *

La reacció del seu pare havia estat traumàtica.

La de l'Artur..., desconcertant, incòmoda, dolorosa.

—T'importen més uns desconeguts que jo.

—No és veritat, però hi ha un moment per a cada cosa. I aquest és el moment que jo hi vagi i faci el que sento.

—Si m'estimessis...

—No té res a veure amb estimar-te més o menys, caram! Oi que m'estimes tu a mi? Si tant t'importa l'amor, hauries de ser al meu costat i donar-me suport i ser menys egoista. Estimar és compartir, però no sols un temps i un espai comuns, sinó la llibertat de cadascú!

La llibertat de cadascú.

Quan l'Artur l'havia anomenat Miss ONG, una cosa molt delicada s'havia trencat en el seu interior, engrunant-se després com sorra fina. Va ser la pitjor de les topades, la més brutal, la de la realitat, per molt que ell ho hagués dit en un moment d'ofuscació o víctima del seu enuig. Gairebé podia entendre el seu pare. A l'Artur, no.

S'havia equivocat?

No, l'amor mai no és una equivocació. L'amor esclata i prou, no hi ha raons ni causes alienes, és un procés natural. La majoria dels nois i noies tenien experiències traumàtiques, s'enamoraven de qui no devien, perdien el cap per la persona en qui menys havien pensat o per la més impossible. Aquest era el joc: no hi havia regles. En aquest sentit, la vida era el camp d'experimentació més gegantí mai no imaginat. Cada història era única, una aventura excitant, a cara o creu.

Va pensar en tot això de cop quan va sentir dir a en Jordi:

—He vist l'Artur i està fet pols.

—En quin sentit?

—En quin vols que sigui? Penso que et troba a faltar.

—Una cosa és trobar a faltar algú i una altra de molt diferent sentir-se frustrat o enfadat.

—Truca-li.

No era tan senzill. No es volia barallar per telèfon, ni plorar.

Plorar allà per una causa com aquella li semblava una gran burla i una pèrdua de temps.

A l'hospital cada llàgrima significava alguna cosa.

—Com estan el papa i la mama?

—Discuteixen molt.

—El que faltava.

—Saps què en penso? Que ja els convenia. Mai no els havia sentit barallar-se o discutir-se abans. Sempre tan mesurats, tan correctes...

—Ho dius seriosament? —es va quedar parada la Sílvia.

—Del tot. Era com si no tinguessin sang, dona, no dic que es tirin els trastos al cap, però una mica de marxeta de tant en tant...

—Doncs perquè tu els sentis, Déu n'hi do el que deuen cridar.

—Diguem que estic més atent, per si de cas.

—Què diuen?

—El papa continua entestat en el mateix, que si estàs boja, que si estàs perdent el temps, que com agafis una malaltia que ja veuràs, i coses així, però aquests dies el noto canviat. Abans d'ahir la mama li va dir que mereixies un respecte i ell va estar-hi d'acord. Va dir: «Creus que no n'estic orgullós, d'ella? I és clar, que n'estic, però de vegades la tossudesa no és res més que una defensa!»

—Li vas sentir dir que estava orgullós de mi?

—Això no va ser tot. Ahir a la nit, la mama li deia que estirar-li la pell a la marquesa de nosequè és tan lícit com operar a cor obert una persona, però que el cos no se't queda igual. Llavors el papa es va posar a plorar.

A la Sílvia se li va glaçar fins a l'última gota de sang.

—Què has dit?

—Que va plorar. Oi que és al·lucinant?

Mai no havia vist plorar el seu pare. Ni amb la mort de l'àvia. Imaginar-se'l la va fer trontollar.

—Oi que és fort? —va insistir en Jordi.

—Si entengués que aquí sóc feliç malgrat el que veig i que... —es va sentir derrotada—, per primera vegada a la vida em sento útil, sé que valc alguna cosa, Jordi.

—Jo crec que tens la paella pel mànec. En el fons mai no podran amb nosaltres.

Entre ella i el seu germà hi havia un abisme. Però no era qüestió de discutir-ho per telèfon. En Jordi passava d'estudiar, continuava sense trobar el seu lloc a la vida. Semblava que volia quedar-se assegut, esperant que el futur l'empaités, en comptes de buscar la manera d'empaitar-lo ell.

—Què va passar quan es va posar a plorar?

—No vaig poder sentir-ho bé. Em sembla que la mama el va abraçar i li va dir alguna cosa així com que ho havien fet el millor que havien sabut però que nosaltres teníem la nostra personalitat i que allò era el més important.

Aquelles llàgrimes obrien la porta a l'esperança.

—Jordi, vull que facis una cosa per mi...

La comunicació es va tallar en aquell moment.

Capítol nou

Li agradava la música índia, li encantaven les interminables ragues executades amb el sitar i la taula. La seva inexperiència, reduïda al fet d'haver vist una vegada Ravi Shankar per la televisió, s'enriquia cada cop més des que en Mahendra li feia escoltar el millor de la seva breu però selecta discoteca. Apreciava millor els temes, els tempos, la sonoritat, els canvis, la diferència entre els instruments. El seu amfitrió es delectava tant fent de mestre de cerimònies com de públic. Les gerres de llimonada desapareixien a mesura que les peces musicals desfilaven per la seva ment.

Ara, tots dos es gronxaven en el silenci del capvespre.

Allà, a Pashbar, no hi havia televisió.

—La televisió contamina —li va dir l'amo de la casa—. Avui dia, en qualsevol lloc de la Terra es reben les emissions de les televisions occidentals, i els nens, els joves veuen un món que no és el seu i els frustra terriblement no poder-lo assolir. De què serveix mostrar-lo si mai no ho serà? Uns passen gana, uns altres tenen set, a la gran majoria els manca gairebé tot i a la televisió es veu l'abundància, el malbaratament, la falsa bellesa dels escollits. És un insult i un greuge comparatiu. Per aquesta raó hi ha tants moviments migratoris. La televisió és el reclam dels innocents, els que obliden la igualtat.

En canvi, en Mahendra llegia cada dia dos o tres diaris, escoltava la ràdio i navegava per Internet. Sabia gairebé de tot. Estava al corrent del que succeïa al seu país i a l'altra punta de món. De vegades discutien de coses que ella mai no hauria imaginat.

Aquell capvespre no.

El silenci es feia cada vegada més profund.

Fins que la Sílvia va sentir la mirada d'en Mahendra, intensa, just uns segons abans que ell li digués:

—Em sento afortunat per tenir-te aquí i també per la teva amistat sincera, Sílvia de Barcelona.

Ho pronunciava com si fos un títol nobiliari, amb distinció. I, en el seu anglès acadèmic, sonava exactament igual, solemne, encara que ella sabia que, en el fons, era una mica burleta.

—No, l'afortunada sóc jo —va reconèixer—. Això és un somni.

—Decadent i ruïnós —va sospirar amb una espurna de melangia.

—Per a mi aquest palau és... molt especial.

—El veus amb ulls occidentals i comprenc l'influx que pugui exercir en tu —va continuar amb el seu to melangiós, ara més accentuat—. Jo sóc conscient que és només un llegat, el residu d'un passat que no tornarà.

No va saber com explicar-li-ho. Ni tan sols si ho havia de fer. Quan era allà, el temps s'aturava, habitava en cada racó i en cada revolt, en cada passadís i en cada habitació. Un temps presoner d'ell mateix, carregat d'evocacions i músiques. O, si més no, era el que el seu romanticisme li produïa: el pessigolleig de la pau a l'ànima.

—Quan era petita, el meu llibre preferit era *Les mil i una nits* —va confessar—. M'extasiaven les descripcions d'aquelles princeses tan maques, em sorprenia el seu punt eròtic, em fascinaven els luxes i les històries que es descrivien en les seves pàgines. A Pashbar em sento com si deambulés pel llibre.

—Ho hauries d'escriure tot. Ho guardaríem sota un dels murs i així, d'aquí cent anys, quan l'heura cobreixi les seves runes, algú ho trobarà.

—Pashbar renaixerà.

—No, no ho farà. És impossible —va ser categòric ell.

—Mahendra, tard o d'hora tornaràs a la vida i al món. No et pots estar aquí sempre tancat.

—Per què no?

—Construeix un nou Taj Mahal en honor de la Pushpa i deixa que sigui ell qui la recordi per a la posteritat.

Va témer haver estat massa agosarada, abusant de l'hospitalitat i la confiança d'en Mahendra. No sempre entenia la filosofia índia, continuava filtrant les emocions sota el seu prisma occidental. Per sort, el seu amfitrió mai no semblava alterar-se, ni enfadar-se, ni molestar-se per res. Deien més els seus ulls que el seu cos, perquè mai cap gest no el traïa, més enllà d'aquests.

—Aquest llac ha estat aquí des de fa milers d'anys —va dir ell—. I continuarà aquí molts milers d'anys després de nosaltres. Més encara del que potser pugui durar el Taj Mahal. Així que les seves aigües són el meu Taj Mahal per a la Pushpa.

No sabia gaire bé a què es referia, ni per què li havia dit allò. Potser no era res, només un comentari. Però, per si de cas, no va continuar per aquell camí.

Massa vegades era com si la Pushpa fos allà amb ells, més enllà del retrat que presidia la sala de la solitària butaca.

* * *

Ja s'havia fet molt tard. El temps de vegades formava un tobogan pel qual lliscava sense remei, sobretot quan estava a gust i la seva ment quedava lliure de qualsevol lligam. Va comprendre que l'hora començava a ser intempestiva, quan va veure passar per segona vegada en Pankaj a prop d'ells.

—Oh, Déu meu! —va cridar mirant el rellotge i es va posar dreta—, es pensaran que m'he perdut o alguna cosa així.

—Puc enviar en Pankaj a l'hospital —va proposar en Mahendra.

—Per què?

—Si et quedes a sopar.

Es va quedar sense paraules, perquè era el que menys es podia esperar.

—Per a mi seria un gran honor —li va dir l'amo de la casa.

—No puc, de debò.

—Pels rumors?

—Per norma —va esquivar aquell comentari directe que, en la veu d'en Mahendra, sonava d'allò més natural—. No estaria bé que no em presentés sense avisar.

—Llavors, un altre dia?

Si s'hi negava, era absurd. Si deia que sí, corria un risc.

No estava gaire segura de què, però sabia que el corria.

—Un altre dia —va fer que sí.

L'acompanyava sempre fins a la porta. No la de la casa, sinó la de la tanca. El cerimonial incloïa fer-ho a poc a poc, cremant l'última conversa i, un cop allà, s'acomiadaven i se saludaven a la manera índia, unint ambdues mans a l'alçada del pit i inclinant el cap, mentre proferien l'emblemàtic «Namaste». La Sílvia tampoc no va voler engegar a córrer en aquesta ocasió.

En Mahendra li va fer la pregunta després de baixar les escales, en caminar entre els dos estanys de nenúfars.

—Quan acabi el teu estiu, tornaràs a casa?

—Sí, és clar.

—Per continuar estudiant?

—La carrera de Medicina és llarga encara que tregui bones notes.

—Tornaràs?

No ho sabia. Estava segura que sí. Però un any era un any. Sempre passaven coses i no volia mentir. Ni tan sols per pietat o per quedar bé.

—No ho sé. Espero que sí.

—La pròxima vegada espero que tu tampoc no fugis ni t'amaguis, Sílvia —va manifestar en Mahendra, amb tanta senzillesa que allò la va espantar més que les seves paraules—. M'agradaria tornar-te a veure aquí, lliure.

* * *

Lliure.

No es va voler aturar, ni discutir. Es va bloquejar. Si hagués tingut més temps, potser li hauria rebatut les seves paraules. No ho va fer perquè ja era massa tard.

S'havia posat a córrer després d'acomiadar-se d'en Mahendra.

Després, durant el sopar, va estar absent.

Lliure.

No era lliure? Què hi veia en Mahendra, dins seu, que ella era incapaç de descobrir? S'enganyava i, en canvi, era transparent per als altres, per a l'amo de Pashbar o per a en Leo?

Va ser incapaç de mantenir una mínima conversa amb l'Elisabet Roca o amb en Leo. Les rialles dels altres cooperants fins i tot la van molestar per escandalosos. Va imaginar que des de la distància els malalts internats a l'hospital podien sentir-los. Quan va acabar de sopar es va descobrir, d'una manera inconscient, a la sala que servia de centre de comunicacions. No volia trucar per telèfon. Però si les seves passes l'havien portat fins allà, era per alguna cosa.

El correu electrònic.

Es va asseure davant de l'ordinador i el va connectar. Va esperar que tot estigués a punt per entrar a Internet i obrir-lo. Després, va teclejar la direcció electrònica de l'Artur en la franja destinada a l'enviament i el seu nom, Sílvia, en la destinada al tema del missatge. El seu ímpetu va decréixer quan va haver de començar a escriure el missatge.

Les mans se li van quedar quietes.

Si era allà, a l'Índia, era per ser lliure.

No obstant això, en Mahendra era capaç de veure les seves cadenes.

Invisibles.

De la mateixa manera que en Leo veia els núvols de les seves tempestes.

Va escriure: «Estimat Artur, crec que aquesta distància ens està anant molt bé. T'enyoro molt i...»

Va aturar les seves mans, va llegir aquella simple línia i la va esborrar.

Va tornar a escriure: «Estimat Artur, sento que alguna cosa està canviant en mi, la vida, els somnis, les esperances. De vegades ens enamorem sense saber per què, però avui puc dir-te que t'estimo per...»

Va tornar a esborrar el que havia escrit, amb més ràbia.

La resposta final no l'obtindria contemporitzant. La resposta final li arribaria quan tornés, quan es trobés de nou amb l'Artur, en la seva reacció, si corria per llançar-se als seus braços i besar-lo o si, en canvi, sentia el llast ara cap als abismes del seu ésser. I faltava molt, encara, per aquesta tornada.

Tota una vida.

Va escriure per tercera vegada: «Estimat Artur, estic bé, encara que amb molta, moltíssima feina. M'encanta el que faig, el que sento. Lamento no poder estendre'm més, però aquí enviar correus electrònics és un luxe i necessitem els equips per a altres coses. Penso molt en tu i... —vacil·là, però va acabar afegint—: t'enyoro molt. Ja ets de vacances? Un petó. Sílvia.»

* * *

L'Artur de vacances, és clar.

Ni tan sols hi havia pensat.

Cadaqués, la Costa Brava, el iot de l'Emili, una mica de bogeria, el camp lliure perquè la Beatriu ho intentés...

Tres classes d'amor, d'entre les moltes que tal vegada existien, l'envoltaven com innocents núvols de cotó. D'una banda, hi havia l'amor d'en Leo, convulsiu, rabiós, ferit per la traïció de la seva nòvia. De l'altra hi havia l'amor d'en Mahendra, poderós, radical, portat al màxim de la passió. I, finalment, hi havia l'amor de l'espera, encalmat, sense temps ni edat, que era el d'en Llorenç Giner per la doctora Roca.

On havia de situar l'amor de l'Artur?

Quina classe d'amor era un que admetia dir-li Miss ONG?

—Encara resultarà que estàs traumatitzada per aquestes paraules! —va dir en veu alta.

El que era dolent dels traumes era que formaven un pòsit, oxidaven el fons i, tard o d'hora, sense que importessin els anys, acabaven sortint per on menys se'ls esperava, fastiguejant el futur.

Si ella desapareixia, si tallava, quant trigaria l'Artur a oblidar-la i sortir amb alguna altra noia? Bé, oblidar-la no, perquè quedava l'empremta indeleble a l'ànima. Però sortir amb una altra... Un any? Sis mesos?

—Menys —es va repetir amb implacable masoquisme.

En Mahendra feia cinc anys que era presoner d'un record.

L'amor en un país de casaments sense amor. Extraordinari.

—La pregunta és...: per què, ara, penses tant en l'Artur? —va exclamar en veu alta per tercera vegada.

No tenia cap resposta.

I per la mateixa raó no la tenia quan sentia aquell respecte estrany per la força i el carisma d'en Leo o mirava com si fos un imant l'altra banda del llac, cap a aquell llum que era com un far en la nit. El llum que presidia l'única habitació de Pashbar en la qual mai no havia estat.

Tres classes d'amor.

L'Artur.

Va haver de prendre una aspirina per poder-se calmar i dormir.

Capítol deu

L'ombra de l'arbre sota el qual s'arreceraven els va ajudar a combatre la implacable calor. Tenien la roba enganxada al cos; formava una segona pell humida que no s'atrevien a treure's per pudor. En Leo va gemegar veient les aigües del llac tan a prop.

—Quines ganes que tinc de fer un capbussó.

—No crec que en Mahendra et pugui veure des de Pashbar.

—Algú li ho podria dir.

—I què?

—Seria capaç d'expulsar-nos de les seves terres, a tots.

—No el coneixes.

—El teu amic deu ser un encant amb tu, però és temible pel que fa al seu llac i el que hi guarda. Fa un parell d'anys un cooperant va llançar un tronc a l'aigua i s'hi va enfilar per utilitzar-lo com a barca. El va fer detenir i gairebé l'expulsen de l'Índia. La doctora Roca va fer mans i mànigues per aconseguir que la sang no arribés al riu. En el fons és boig, com tots els ermitans, encara que tu estiguis seduïda per ell.

—Jo no n'estic, de seduïda.

—Fascinada.

—Tampoc.

—D'acord, d'acord —en Leo va alçar les dues mans amb els palmells cap a ella en senyal de pau.

—És una altra cultura, una altra manera d'entendre la vida —va insistir.

En Leo no va continuar la discussió, però sí que va mantenir els ulls en la superfície líquida, misteriosa i fosca en aquell moment. No sabien res del llac, com es mantenia, quina era la seva profunditat, quina classe d'animals el poblaven.

—T'imagines que, de sobte, un dia, aquest cadàver emergís a la superfície? —va dir de cop el jove.

—Potser això l'alliberaria.

—Es trencaria l'encís, la màgia. Aquest paio viu precisament per aquesta esperança. Si pogués cremar la seva dona i llençar-ne les cendres al llac com ho va fer amb els seus fills, deixaria de creure-hi.

—En la seva dona?

—No, em refereixo a l'esperança. És el que el manté. Moltes persones tenen un somni, es passen la vida lluitant per aconseguir-lo i, quan l'aconsegueixen..., s'adonen que estan buits, perquè el que els permetia viure i continuar era el somni en si mateix, no el fet d'assolir-lo. Mentre el perseguien eren feliços. Quan el tenen, llavors no saben què fer.

—Això demostra que no és bo posar tota la fe en una sola cosa.

—Hi estic d'acord.

—Mira qui parla.

—Què vols dir?

—Que això és la teva fe —va assenyalar l'hospital.

—Ho és la meva carrera —va apuntar en Leo.

—Tu estimes aquest lloc. Si no, no hauries tornat durant quatre anys.

—T'equivoques. Aquest lloc també forma part de la meva carrera.

—No t'estic censurant ni criticant —va dir la Sílvia—. Fa molt poc que sóc aquí i, per descomptat... —va sospirar tot omplint d'aire els pulmons—. Aquí estic descobrint el que de veritat és ser metge.

—Ets una romàntica. Aquí el que s'hi descobreix és la impotència de veure com amb prou feines pots fer el mínim, perquè no hi ha res, i t'adones de la diferència abismal que existeix amb casa nostra.

Des que havien segellat la pau, trencant tots els gels que els separaven, parlaven més i ho feien a consciència. Amb en Mahendra establia el vincle de la fascinació, en això tenia raó en Leo, encara que no ho volia reconèixer en veu alta. Però amb ell reforçava un altre vincle, el de la realitat, la presa de consciència, el sentit de la pròpia vida. Parlaven un mateix llenguatge des d'òptiques diferents però sota el mateix compromís. I, més que conèixer-se l'un a l'altre s'estaven descobrint.

Sabia que, tard o d'hora, el seu company li faria aquelles preguntes.

—Què van dir els teus pares quan vas venir aquí?

* * *

Podia mentir.

Però no ho va fer.

—Vaig tenir una baralla monumental.

—A l'eminent doctor Prats no li va agradar, oi?

—Tenim punts de vista diferents, això és tot.

—I el teu nòvio?

—Quin nòvio? —es va enravenar.

—Tu ets de les que tenen nòvio.

—Escolta, tu!

—No em llencis res! —es va protegir en Leo rient en veure que ella allargava la mà per atrapar una branca o una pedra—. Només era un comentari.

I l'havia encertat. Això era el que li sabia més greu.

—Surto amb algú —va acceptar—. Però de nòvio res.

—I què va dir ell quan va saber que passaries l'estiu aquí?

Es va mossegar el llavi inferior. No va saber si explicar-li-ho. Després, va comprendre que potser fos una teràpia fer-ho, una manera d'alliberar-ho i, de passada, veure la reacció d'algú aliè, encara que en Leo no era el jutge més idoni.

—Em va dir Miss ONG.

L'expressió d'en Leo no va deixar lloc a dubtes.

—De debò?

—Sí.

—I què fa aquesta llumenera?

—Estudia Econòmiques.

—Ahà —ho va dir com si allò fos concloent.

—Ahà, què?

—Per als qui remenen pasta això és una pel·lícula que no entenen.

—Tu tampoc no entens la seva, i és la pasta el que

mou el món i el que permet que siguem aquí, en aquest hospital.

—No, el que mou el món no pot ser la pasta, seria massa... trist —va arrugar la cara en Leo.

—En això sóc realista, ho sento. L'amor, la voluntat, el compromís..., tot això està molt bé. Però sense diners, no hi ha res. És dur reconèixer-ho, però s'ha d'acceptar.

Es van produir uns segons de silenci. Va semblar que tots dos reflexionessin sobre les seves idees i les seves postures. No van continuar per aquell camí. La nova pregunta d'en Leo va ser molt més directa.

—Te l'estimes?

—No ho sé.

—Te l'estimaves abans que et fallés?

—Sí.

—Llavors encara te l'estimes, per molt que et sentis ferida i traïda. Deixa que paeixi tot això. Quan tornis, vindrà amb la cua entre les cames i cara de xaiet.

—N'estàs molt segur, tu, d'això.

—No et deixarà escapar, tret que sigui idiota.

Va acceptar l'afalac. Perquè era un afalac. L'havia arribat a conèixer molt amb les seves paraules. Acceptava que ell no la deixaria perdre.

—Però, quan la persona estimada ens falla...

L'expressió d'en Leo es va entristir.

Només va ser per un moment que va durar, dos o tres segons més.

La Sílvia volia preguntar-li per la seva experiència però no es va atrevir.

—Jo ja estic curat. Tinc l'amor aparcat —en Leo es

va estirar, canviant el to de la seva veu per afegir amb tot de sornegueria—: fixa't en nosaltres. No saps el que n'arribo a estar, de tranquil, sabent que no ens enamorarem ni viurem un festeig tòrrid oriental aprofitant les circumstàncies, que, d'altra banda, seria el més lògic. Així no hi ha problemes. I sempre és millor ser amics per sempre que mantenir un embolic que ara ens cremés per acabar odiant-nos demà.

—I tu parles de pel·lícules? —va al·lucinar la Sílvia—. Mare de Déu, quina una te n'acabes de muntar!

—*That's life!* —va dir en anglès.

—I per què hauria d'acabar malament, si es pot saber? —va insistir ella.

Es va trobar amb una mirada burleta i escèptica per part d'en Leo.

—Tu i jo plegats? —va fer petar la llengua i els seus ulls van brillar mordaços—. Ens mataríem!

* * *

Se sentia millor després d'haver tingut aquella llarga conversa amb en Leo. Millor en molts aspectes i en molts sentits. Millor, perquè podia exterioritzar els seus sentiments; parlar de l'Artur; confessar-se amb algú que, si més no, l'entenia. Algú que era més o menys de la seva edat i no de la de la doctora Roca o del doctor Giner. Una altra cosa era que, ara, en Leo li semblés una persona divertida, directa, amb personalitat pròpia, carregat d'ironia, de vegades envoltat d'una capa evident de cinisme producte del seu amor frustrat de quatre anys enrere, però honest i ferm. Encara que no sempre estigués d'acord amb ell i amb els seus criteris.

Es moria de ganes de preguntar-li sobre aquell amor que l'havia convertit en un ressentit sentimental, però encara no s'atrevia a tant. No se sentia capaç de furgar en una ferida que semblava que continués oberta. Esperava.

Per la seva ment rebotaven aquelles paraules tan fulminants:

—Tu i jo plegats? Ens mataríem!

Dia i nit.

Els seus pares mai no s'havien barallat. L'Artur i ella tampoc. Un dels dos sempre cedia. I potser era bo deixar-se anar, alliberar energies negatives. Plorar l'asserenava, la netejava per dins. Potser cridar era el mateix però a un nivell més interior. La separació de l'Artur els va provocar a tots dos tristesa, la frustració de sentir-se ferits per l'altre, però no amb la ràbia suficient per alçar la veu.

No havia sabut què respondre a en Leo, tret d'un «Estàs boig», seguit d'una rialla.

Es matarien realment?

I és que potser no era millor un temps de passió, encara que després tot s'acabés, que la implacable sensació del buit?

No era millor viure i plorar que no fer-ho i mentir-se?

En Leo s'equivocava, però entenia la seva reacció.

Abans de l'Artur, s'havia enamorat tres vegades o, si més no, això pensava. La primera als dotze anys, però no sabia si allò comptava realment. El noi era el guapo de l'escola, tres anys més gran. Ella encara no estava formada ni desenvolupada, encara que tots ja deien que era molt guapa. Aquell curs gairebé no van parlar i, quan ho van fer, va ser sempre per qüestions trivials, al pati, coincidint a l'autobús, en una assemblea escolar. En ple estiu el va veure amb una noia, agafats de la mà. Li va caure l'ànima als peus i això va ser tot.

Però va plorar les seves primeres llàgrimes per amor.

El segon va ser molt més fort. Catorze anys. Un amor d'estiu, platja, mirades furtives, escapades al marge dels altres i el primer petó, de nit en una discoteca. Un petó real, de veritat. Un petó que la va desfer i li va omplir la ment d'estrelletes. Hi havia dos nois més que sospiraven per ella, però es van rendir davant l'evidència i van plegar veles, derrotats. La resta de l'estiu, ni dues setmanes, va ser com un somni, fins que va arribar la inevitable separació. Ella a Barcelona i ell a Vigo. Mil quilòmetres pel mig. Les primeres cartes van ser meravelloses, fins que va decréixer l'impuls i es va extingir el foc. Quan va saber que ja no tornaria a la Costa Brava, perquè estudiaria a Londres, va llençar la tovallola.

El tercer, amb disset anys, podria haver estat el més important, però per sort va descobrir que ni ella ni ell anaven seriosament. S'hi va llançar a tomba oberta, va perdre la virginitat al seu costat i un dia, en mirar-lo, va saber que no passaria res més, que tot havia estat un miratge, que gairebé els havien empès l'un als braços de l'altre, pel simple fet de ser «la parella ideal», «el noi i la noia perfectes».

Estava tan farta que només la valoressin per la seva imatge...

Un any després va aparèixer l'Artur.

I amb ell l'estabilitat emocional.

Si no fos així, si no li importés, no tindria tants problemes de cop per contrastar les seves idees, els seus futurs i buscar la manera de compartir-ho tot sense treure-li res a l'altre.

I estava en aquest procés.

Encara que allà, sotmesa als vaivens de la seva nova vida, era difícil pensar com fer-ho.

* * *

La veu de la seva mare tenia un punt d'ansietat mal reprimida.

La conversa era la més trivial de totes les que havien mantingut des de la seva arribada a l'Índia, feta de frases convencionals, tics i la inquietud dissimulada d'un nerviosisme evident. La Sílvia no s'atrevia a preguntar. Estava segura de conèixer l'espiral en la qual es podia ficar si ho feia. Però estava prou clar que la seva mare no la deixaria tan fàcilment.

—Mama, tinc guàrdia —va mentir.

—Espera, si us plau. Sempre amb pressa.

—Això no és un hotel, entén-ho.

—Tampoc no és una presó.

Era diumenge, així que se la va imaginar a la masia, potser al costat de la piscina, il·luminada en la nit com si fos un tros de cel molt blau capturat per la terra. El paisatge era bonic. La casa de la muntanya era la casa dels seus somnis, sempre ho havia estat. I, en aquell moment, la sentia molt lluny, com si ja no li pertanyés.

—Em sap greu que el pare no hi sigui.

—On ha anat?

—Jugava al tennis amb en Ricard.

Sempre actiu, sempre ocupat, sempre intens.

—Total, per discutir per telèfon...

—Sílvia, si us plau.

—Mama, és la veritat.

—Doncs jo et volia demanar que li truquessis —es va despullar anímicament—. És el teu pare.

—I jo sóc la seva filla.

—Doncs per això.

—Em refereixo que, si jo l'he de respectar com a pare, ell m'ha de respectar com a filla.

Va recordar el que havia dit en Jordi sobre aquelles llàgrimes i va sentir un nus a l'estómac.

—Sou l'un per l'altre, d'acord?

—Serem l'un per l'altre però a mi no em dóna la més mínima oportunitat.

—I tu a ell què?

—Jo a ell? És la meva vida el que està en joc i jo sóc la que vull viure-la a la meva manera, no a la seva!

—Aquests dies ha canviat.

—En quin sentit?

—S'adona del que estàs fent, ho valora; ha perdut aquest punt de ràbia propi dels Prats quan alguna cosa se us torça o algú us canvia els plans —la va punxar—. Fa dos dies explicava a en Joan Calvo el que estaves fent i ho feia amb un orgull...

—Mama, encara no estic preparada per enfrontar-m'hi, d'acord?

—Enfrontar-t'hi?

—Digues-ho com vulguis —manifestà esgotada—. Necessito aquesta distància.

—Les distàncies ofeguen i maten, filla. Ell és el teu pare i t'estima. N'hi hauria prou que li diguessis que estàs bé i ets feliç.

—Va dir que no volia saber res de mi.

—Tots diem coses en moments d'ofuscació!

—En Rossend Prats les diu a consciència —la va punxar encara més—. Va afegir que estava boja.

—Sílvia...

—Dóna'm temps, mama, si us plau. Dóna'm temps i dóna-l'hi a ell si, com dius, està canviant. Ara, de debò, he de tallar. Ja fa cinc minuts que hauria d'haver entrat de guàrdia i aquí estem molt en quadre perquè un faci tard i fastiguegi l'altre.

—Cuca...

—T'estimo, mama —li va concedir, si més no, el que ella desitjava escoltar—: i al papa també.

Capítol onze

A mesura que s'acostava el casament de la Narayan, va observar en les dues germanes un canvi d'humor. La Viji molestava més la seva germana, la tractava pitjor, l'empipava d'una manera de vegades rabiosa. Eren els seus últims dies juntes. Quan la més petita es convertís en una esposa, perdrien el contacte, deixarien enrere els somnis, els anys en què l'una era la gran i l'altra la seguia com un gosset. Però, alhora, la Sílvia va apreciar la seriositat gradual que anava envoltant la Narayan. Feia menys preguntes, gairebé no parlava i se submergia en silencis plens d'una càrrega emocional interior soterrada. Passava d'estats d'alegria i excitació absoluta, tenint en compte que seria la gran protagonista de la cerimònia i que allò significava fer el pas definitiu cap a la maduresa, a moments d'una tristesa infinita i recolliment. Mirava el paisatge amb el dolor de qui sap que està a punt de perdre'l. Provava d'absorbir-ho tot amb l'ansietat de l'últim minut, quan comprenem que ja és massa tard i que, fem el que fem, el que ve tot seguit ja no té remei.

—Hauries d'ajudar la Narayan —va dir a la Viji.

—Per què?
—És una nena.
—Es convertirà en l'esposa d'en Raman Singh, serà feliç, tindrà coses, tot el que desitgi. Es farà la clenxa al mig i es vestirà de vermell, com una dona casada.
—No deixa de ser una nena i potser està espantada.
—Ja voldria jo estar espantada —la Viji li ho va dir amb la naturalitat més gran, enfonsant en ella aquell únic ull tan expressiu—. Raman és molt bona família. Encara que sogra pegui al començament, perquè aprengui, Narayan serà molt i molt feliç i farà feliç a Raman perquè és guapa i forta.
—Per què dius que la seva sogra la pegarà?
—La meva mare pega dona de germà Naresh.
—Ai, Déu meu! —va sospirar, atrapada pels convencionalismes occidentals.
—A Barcelona no es pega esposa de fill?
—No!
Va semblar que no la creia. Va somriure divertida. La Sílvia no va saber si parlar-li dels Drets Humans o de la convivència, del respecte o de la llibertat. Va recordar el tema de les esposes cremades i va acabar per convèncer-se que era absurd lluitar contra el vent i més amb les mans nues. Oblidava que la Narayan es casava amb un desconegut total per acord familiar. Partint d'una premissa com aquella, tota la resta era possible.
—Per què a Occident l'amor és tan important? —va preguntar la Viji amb una gran innocència.

* * *

El llit de la Sahira era buit.

Va ser tan inesperat, tan contundent, es va quedar tan commoguda, que l'impacte va ser igual que si acabés de rebre un cop de puny al plexe solar capaç de deixar-la sense alè. Se li van doblegar les cames i vacil·là un llarg instant, una eternitat en la qual es va sentir de sobte gelada, amb la ment en blanc.

El crit va créixer ofegat en el seu pit.

—No, no... No!

No va veure ningú del personal de l'hospital. Era un d'aquells matins en què alguna cosa li havia llevat el son abans d'hora i llavors ja no hi havia motiu per quedar-se al llit. Devia ser la primera a matinar. La dona que era més a prop, al llit del costat, la mirava amb uns ulls revestits d'absència.

—I la nena que era aquí? On ha anat?

No la va entendre. Li ho va explicar per senyals i va ser inútil. La dona li va respondre alguna cosa que no va poder desxifrar. Els ulls li van brillar amb intensitat en assenyalar el llit de la nena malalta, però la Sílvia no va voler cedir a l'impuls de creure el pitjor. Els ulls de la majoria brillaven i no per allò semblava que anessin a plorar.

—Sahira... —va gemegar.

Va buscar una de les noies que ajudaven a l'hospital, perquè la resta de cooperants encara no era per allà. Abans de creuar aquella porta es va topar amb la Uruashi, una de les infermeres.

—Sahira —va ser la seva única paraula.

El rostre de la Uruashi es va trasmudar. De l'alegria inicial i el «bon dia» avortat en els seus llavis a la tristesa. A ningú no li havia passat per alt l'estimació que sentia la Sílvia per aquella nena. La realitat es convertia en un tret sec.

No va saber com dir-li-ho, encara que, en aquell instant, la veritat imposés la seva lògica.

—No... No! —va començar a plorar.

La Uruashi va provar de retenir-la, però no va poder. La Sílvia se li va escapar igual que un peix. Es va posar a córrer, buscant una alenada d'aire fresc que no va trobar ni tan sols a l'exterior del centre mèdic. Llavors va continuar corrent, mig ofegada, mig espantada. Quan la por es va imposar al dolor, les llàgrimes ja sorgien imparables per les preses obertes dels seus ulls i ni tan sols entenia per què.

Per què la Sahira i no una altra de les persones que havia vist morir allà?

Una vegada, quan era petita, havia plorat molt davant d'un gos ferit al qual mai no havia vist. Només perquè l'animal, atropellat per un cotxe, la va mirar gemegant amb uns ullets increïblement espantats...

Els ulls de qui no entén per què s'està morint.

Com la Sahira.

I ni tan sols havia estat al seu costat. Havia mort de nit, sola, sense una mà amiga que la consolés i la sostingués en el trànsit final. Morta per haver nascut pobra i condemnada gairebé per endavant en un país que exigia força on no n'hi havia i resistència enmig de la precarietat del dia a dia. La fi dels innocents.

O de la innocència.

La seva innocència.

No va saber com havia arribat en Leo al seu costat,

ni d'on havia sortit, però se li va materialitzar gairebé al damunt, agafant-la, impedint que continués corrent sense rumb. Llavors va arribar l'al·lucinació final, el desesper, mentre vorejava la fina línia que separava la histèria de la calma.

—No, no... —va sentir que li deia el seu company—. Au va, Sílvia, calma't... Au va, no, xsst... Respira, d'acord? Calma, calma, estimada...

Primerament va voler apartar-lo. No ho va aconseguir. Després el va voler bufetejar i ell no va permetre que tragués les mans de l'interior d'aquella abraçada plena de fermesa. Un segon abans de rendir-se el va mirar amb ràbia, amb odi, el sentit més inhumà de la frustració. Va ser en cedir, completament, en cos i ànima, quan es va posar a plorar una altra vegada i es va lliurar als seus braços.

En Leo la va abraçar encara més, amb força.

—Venia a veure't per dir-t'ho —li va xiuxiuejar a l'orella—. Ho sento. Ho sento molt. Sabíem que s'havia de morir, d'acord? Ho sabíem, i tot i això..., au va, plora si vols, treu-ho tot, però recorda que això ens ha passat a tots, que ningú no es lliura de la gran depressió, que tard o d'hora toquem fons i és llavors quan millor comprenem què fem i per què som aquí, i això ens permet emergir i treballar més i millor.

—De què... parles? —va cridar.

—Que tu encara jugaves als metges.

La Sílvia va aixecar el cap. Entre les seves llàgrimes i la revifalla de la seva ràbia va veure el rostre serè d'en Leo.

—I de què..., serveix...? Es moren igual!

—Sí que serveix. Sense això i sense nosaltres en moririen més. I és pels que salvem pel que som aquí. Per ells, Sílvia!

—La Sahira...

—Sigues forta —la va estrènyer contra el seu cos—. Precisament per ella ho seràs més, d'acord? La Sahira t'ha donat just el que necessitaves.

Ja no li va preguntar què era.

Per fi ho sabia.

* * *

La seva mà ja no vacil·là quan va començar a escriure el correu electrònic.

«Estimat Artur, aquí la vida i la mort es barregen. La vida és una exaltació i la mort un cant. Bé, potser sigui a l'inrevés. No estic ja gaire segura de segons què. Però sigui com sigui, et diré que és la mort el que ens empeny més i més cap a la vida i que jo mai no m'havia sentit més viva del que em sento avui. És difícil explicar les coses, perquè les paraules, de vegades, no reflecteixen la immensitat dels fets. Les paraules són escasses i sorgeixen despullades, així que cadascú acaba vestint-les a la seva manera, interpretant-les com vol o com les sent en la seva ànima. Si poguessis veure amb els meus ulls i percebre la resta amb els meus altres sentits, entendries de què t'estic parlant. No et pretenc convèncer de res. Tampoc intento exaltar el que vaig fer ni menyscabar els teus arguments. Ara veig que vaig fer el que era normal, el natural segons les meves creences i la meva manera de ser i que no mereixo ni el cel ni l'infern per això. No sóc cap heroïna. Tampoc una cercadora de somnis. Em sento la dona que sabia que existia dins meu i és suficient.

Perdona que t'hagi escrit poc i malament. Perdona que continuï escudada darrere de la meva rancúnia com si aquell «Miss ONG» fos una roca que m'impedís veure el sol, els arbres i la vida. Perdona que volgués deixar passar aquest estiu com si no existissis. És absurd i ara me n'adono. Sé que aquesta separació ens farà bé. La necessitàvem per adonar-nos dels nostres sentiments. De vegades, amb el fet d'estimar no n'hi ha prou. I nosaltres ens estimem. Així que ara descobrirem quina classe d'amor és el nostre i en quina direcció es mou. Algun dia seràs un economista brillant, ministre d'Hisenda fins i tot, i jo una reputada cirurgiana. Són dos camins, però si existeix un nexe comú que els uneixi, el nostre deure és trobar-lo.

M'és difícil estar en contacte amb tu. I no vull de tu correus convencionals i buits, ni tampoc cartes doloroses. No és el moment. Tenim una cita a la meva tornada. Potser llavors, només de mirar-nos, en tindrem prou per saber totes les respostes a les preguntes que ara ens fan mal.

Passa-t'ho bé. Cuida't molt. T'estimo, sincerament.

Sílvia.»

Va deixar de teclejar i va tornar a llegir el que havia escrit. Va estar a punt de suprimir allò de «ministre d'Hisenda», però ho va deixar perquè era una broma que solien fer-se i era una pinzellada de distensió enmig d'aquell crit de sinceritat.

Quan va portar el cursor fins al rectangle senyalitzat amb la paraula «*Send*», ja no va dubtar i va prémer el ratolí.

* * *

L'Elisabet Roca va ficar el cap pel forat de la porta, que estava mig oberta, mentre tustava la fusta fluixet.

—Puc passar?

—És clar —la Sílvia es va incorporar del llit i s'hi va quedar asseguda.

—No sabia si dormies.

—No, no dormia.

La dona es va aturar al mig del bungalou. No va fer el gest d'acompanyar-la i ocupar l'espai que quedava lliure en el jaç. La va mirar amb aspecte maternal, amb les mans juntes davant seu. Els seus ulls destil·laven una dolorosa tendresa.

—Estàs bé?

—Sí.

—Ho dius de veritat?

—De veritat que sí. No sé pas què m'ha passat.

—Jo t'ho diré: has tingut un atac de pànic.

—No crec que...

—És com un peatge. Tard o d'hora explotem. En el teu cas ha estat per aquesta nena i en el dels altres... Bé, cadascú ho fa a la seva manera, de vegades per una bajanada. L'inconvenient és que ens sol agafar amb el peu canviat i ens desconcerta.

—La Sahira era especial.

—Ho era per a tu, per alguna raó. Per a un altre cooperant l'ésser especial serà un vellet que li recordarà el seu pare o una dona que sense saber per què li sacsejarà la consciència. Però ningú resta immune. Som humans.

—És el que m'ha dit en Leo.

—I sap de què parla.

—A ell...?

—La primera vegada, feia poc que havia arribat —va dir l'Elisabet Roca—. Va veure morir una noia d'uns disset o divuit anys, no sé si s'assemblava a la promesa que havia tingut o no. El cert és que es va enfonsar, va treure totes les llàgrimes que no havia vessat en deixar-lo ella. Va ser el seu catalitzador, i tots tenim el nostre.

—Tu també el vas tenir?

L'Elisabet Roca va cobrir la distància que la separava del seu costat i, ara sí, es va asseure al llit. Li va agafar una mà entre les seves. Un crepuscle grisós inundava les seves pupil·les.

—Ja et vaig dir que vaig arribar aquí amb més o menys la teva edat, fa trenta anys —va manifestar a poc a poc—. I et vaig dir que no em vaig quedar de seguida, que després vaig acabar els estudis, em vaig casar, vaig enviduar..., te'n recordes?

—Sí.

—Quan va morir el meu marit, tan jove, tan ple d'energia, em va semblar la cosa més injusta del món. Confesso que vaig tornar aquí per tancar-me en vida, per fugir del món i escapar de la realitat i també sentint-me culpable, com si hagués de pagar un preu pel dret de continuar respirant mentre que ell ja no era en aquest món. Durant uns mesos em vaig moure com un autòmat, somnàmbula perduda. No sé com no em vaig tornar boja. Creia que ell era a Barcelona, que es reuniria amb mi al cap d'uns dies. La realitat era un cop terrible cada matí, en despertar i comprovar que tot era cert. Per aquesta raó, curar els malalts era una arma de doble tall. Els curava perquè no havia pogut curar el meu marit. I no em complaïa salvar-los perquè no l'havia pogut salvar a ell. Te n'adones? Era una espiral sense sentit.

—I què va passar?

—Un dia vaig salvar la vida a un home. Tenia unes possibilitats de sobreviure tan minses que... Bé, encara no sé si va ser un miracle, si Déu va guiar la meva mà o si simplement vaig estar genial. El cert és que ho vaig aconseguir. Quan vaig sortir del quiròfan em vaig trobar amb la seva dona, una índia molt guapa, ja amb tres fills. Se'm va llançar als peus, plorant, em va abraçar, em va fer petons i em va explicar que sense el seu marit hauria embogit de dolor i s'hauria matat juntament amb els seus fills.

—Ho hauria fet?

—No ho sé —va dir la doctora Roca—. El més probable és que no, però... Com podia saber-ho? Sense el seu marit, ells estaven abocats a la pobresa. Aquella dona, pel que es veu, no tenia ningú. Potser per a ella la mort hauria estat una escapatòria. Però no és d'això del que t'estic parlant.

—Va ser el teu catalitzador?

—Sí —li va estrènyer les mans entre les seves—. Res no podia tornar-me el meu marit, però jo li havia tornat el seu a una altra dona. La cadena no s'havia trencat, ho entens? Si jo m'hagués rendit, aquell home no hauria sobreviscut. Si no m'hagués donat... —va fer una pausa breu i reflexiva abans d'afegir—: Aquella nit me la vaig passar plorant. I tot i que he plorat altres vegades, moltes, l'endemà vaig començar a viure realment, a lluitar. Va ser un despertar absolut, el meu autèntic gènesi. En Leo va tenir el seu i ara aquest és el teu. Cada vegada que et sentis fràgil, recordaràs la Sahira i, en comptes d'ensorrar-te, tindràs més forces per no rendir-te.

La Sílvia va deixar que el contacte amb l'Elisabet Roca l'omplís i li transmetés la calma plàcida d'aquell bàlsam reparador. Es va estremir.

Llavors...

La dona no la va deixar continuar dins d'aquell cercle viciós.

—D'aquí a tres dies aniràs a Mysore per fer-te càrrec d'un enviament de material —li va dir incorporant-se i deixant-li anar la mà—. T'anirà bé sortir d'aquí durant unes hores i fer una passejada.

* * *

El cos de la Sahira amb prou feines ocupava un mínim espai dalt de la pira funerària. Embolcallat en gasses blanques, el seu volum era ínfim, una poncella que la naturalesa feia la impressió que hagués deixat caure de forma capriciosa sobre les fustes apilades del crematori.

Quan les flames van començar a devorar els troncs, trepant per ells fins a dalt de tot, va ser com si l'embolcallessin amb el seu amor, donant-li la calor que la mort li havia pres. Unes flames vermelles, mòbils i embogides, que dansaven seguint una música pròpia i singular.

Les escasses persones que hi eren presents semblaven hipnotitzades davant les flames.

La Sílvia va mirar la mare de la nena. El seu rostre mostrava finalment la pau que l'embargava i la seva expressió, malgrat tot, era dolça. La cremació omplia qualsevol anhel possible un cop consumada la tragèdia. Tenia els seus altres tres fills i això li donava forces. Era el seu compromís. Tres fills i un quart en camí, perquè quan li va donar els diners perquè pogués comprar aquella fusta, es va tocar el ventre i li ho va fer saber.

La vida continuava.

—Sahira —li va dir la dona.

—I si no és una nena? —va preguntar sabent que ella no l'entenia.

—Sahira —va repetir plena de dolç convenciment.

La va creure. Aquella era la seva força. I la força d'un ésser humà és el més poderós de l'infinit. Una força tal vegada superior, en el seu cas, perquè el seu marit era lluny, treballant, i ella suportava el calvari de perdre una filla sense ningú que l'ajudés. Quan el seu marit tornés, sabria que la seva filla gran havia mort i que n'hi havia una altra en camí.

Extraordinari.

El cos de la Sahira ja cremava damunt de la pira.

Un huracà bramador els eixordava ara a tots. La fusta gemegava i es convertia en brasa. La millor fusta que havia pogut comprar. Una fusta digna de prohoms, molt cara per a una mare sense recursos. Barata per a una occidental sense problemes. Gairebé tots els presents es miraven la mare de la morta, preguntant-se com l'havia pogut aconseguir. I ella, quan no mirava la seva filla, mirava la Sílvia.

Còmplices.

La cerimònia va continuar al ritme del seu protagonista: el foc.

Fins que no quedés ni rastre del cadàver, la mare no es mouria d'allà; després li lliurarien les cendres, que el riu s'encarregaria de portar lluny, molt lluny.

Capítol dotze

Se'n van anar de l'RHT abans que sortís el sol, per aprofitar el dia al màxim. El trajecte fins a Mysore durava un mínim de cinc hores, depenent sempre del que es poguessin trobar al camí, una carretera tallada, un accident que els tingués aturats un temps per a ells preciós, qualsevol contratemps inesperat... A l'Índia no hi havia distàncies en quilòmetres sinó en hores. Recollir els materials que esperaven a l'aeroport tampoc no depenia d'ella mateixa, sinó de la burocràcia pertinent. Finalment, la tornada, sempre que encara aconseguissin fer-ho de dia, representava cinc hores més. I no es tractava d'una passejada.

Va ser un trajecte molt maco, diferent de la primera vegada. Va poder apreciar-ne millor tots els detalls embriagadors, quilòmetre a quilòmetre, travessant terres ermes i terres exuberants, camps de plantes de cacauets d'un verd tendre i canyella sota un cel blau acabat de rentar. Homes i dones, nens i nenes treballaven en els camps a la gatzoneta, en una posició impossible per a un occidental però còmoda per a ells, després d'haver-la utilitzat durant anys. Hi havia gent endormiscada a qualsevol hora sota les sostrades de les branques, als improvisats «hotels» del camí, que no eren altra cosa que simples barraques, i en qualsevol part elevada: la barana d'un pont o un jaç allunyat del sol. En passar per damunt del riu va arribar a veure el que va pensar que era un sari surant damunt les aigües abans de comprendre que es tractava d'un cadàver, algú la família del qual no havia pogut pagar la cremació a causa del preu de la fusta. Confiaven el cos al riu perquè ell el beneís, el santifiqués i el portés fins al mar. A les vores del riu, el ritual del bany purificador era un espectacle sobre les aigües marronoses. Cada persona se submergia diverses vegades, resava, es rentava amb sabó... De vegades, suraven petites làmpades testimonials.

Mysore era una altra gran ciutat, ho va poder constatar el dia de la seva arribada procedent de Bombai, tot i que, llavors, amb prou feines va poder veure res per la manca de temps, però distava molt de posseir el bigarrament i la densitat humana de la gran porta de l'Índia. Es tractava d'una urbs molt menys gegantina, amb un punt d'humanitat, jardins, avingudes, color i calor. La presència de les vaques al mig dels carrers es feia molt més evident. Però no era aquest el detall més singular. Per primera vegada, va al·lucinar en veure un jainista. Caminava despullat de cap a peus, fent oscil·lar tot el cos i els seus llargs cabells blancs mentre movia davant del seu sexe un plomeret per espantar les mosques. No podien ni tan sols fer mal a una mosca. En un altre carrer, va veure un home víctima d'elefantiasi. El seu peu dret semblava el tronc d'un arbre. Dones amb saris preciosos i ornaments d'or als braços i al cos es confonien amb d'altres menys agraciades per la fortuna. I el mateix succeïa en el cas dels homes. La barreja era heterogènia. El que la va seduir més van ser els mercats, on es venia de tot, sempre amb mitja dotzena de nens trotant al seu voltant a l'espera de dolços o diners. La fruita era exuberant. Les parades de tintures esclataven de colors. Els carrerons vessaven d'activitat amb els venedors de plàtans i gessamins, els pelegrins, els terrissaires, els *brahamins* o els captaires cohabitant sense problemes. Els de les teles van acabar sent un reclam. Es va comprar el seu primer sari, radiant com una nena.

La dependenta li va ensenyar com se l'havia de posar. En va tenir prou de mirar-se al mirall per sentir-se una altra dona, diferent, plena d'essències índies. Estava preciosa.

L'Ari, el seu xofer i acompanyant, reia.

—*Good, beautiful, pretty* —repetia en el seu anglès pèssim, assentint amb el cap.

La Sílvia va sentir parlar castellà. Va girar el cap i va veure el clàssic grup encapçalat per una guia amb la bandereta enlaire. Va estar a punt d'aturar-se per fer de turista novell i dir-los que ella també era espanyola. Es va abstenir a temps. Com bons espècimens patris, enraonaven cridant.

—Quina misèria! No em diguis!

—I tot tan brut!

—No sé com poden viure d'aquesta manera!

—Jo, és que no m'atreveixo a tocar res, no fos cas que m'agafi alguna cosa!

—Quan anirem a comprar?

Es va sentir furiosa. Encara més: rabiosa. I doncs, què esperaven de l'Índia? Com és que viatjaven sense saber on anaven? Per sort no tots els del grup eren ignorants i estúpids. Una companya els va fer notar a les escandaloses una antena parabòlica gegantina situada al sostre d'una de les cases que, segons elles, era miserable.

—No és que siguin pobres. Almenys no aquí ni aquesta gent. És que viuen així. Aquesta antena val milions. Com podem criticar la seva forma de vida? Només perquè és diferent de la nostra i no l'entenem?

Les cridaneres no van quedar gaire convençudes. Poc els importava la cultura, saber, aprendre, conèixer. Estaven de vacances i volien anar de botigues. Aquest era el sentit del seu viatge a milers de quilòmetres de casa seva. Es van allunyar carrer avall embotides en les seves indumentàries turístiques horribles mirant-ho tot amb el seu ull crític expert.

La Sílvia no va perdre gaire temps més.

Els tràmits a l'aeroport van ser sorprenentment ràpids.

—Encara podrem tornar de dia —va dir a l'Ari.

El xofer li somreia exageradament cada vegada que ella s'hi dirigia.

—Molt bé, somriures, anem —li va donar un copet a l'espatlla amb el palmell de la mà, mentre sospirava feliç.

* * *

Feia una bona estona que estava endormiscada, malgrat la seva intenció de resistir i no deixar-se dominar per la somnolència, perquè el paisatge sempre canviant que li mostrava la carretera l'amarés, quan l'Ari la va cridar.

—*Lady, lady... Oh, lady*!

Va obrir els ulls sota la pressió de l'alarma. Feia molt que havien sortit de la ruta principal i el terreny li resultava familiar, per la qual cosa va deduir que la distància que els separava de la seva destinació devia ser mínima. No quedava gaire més que una hora de claror de dia.

El grup que interrompia el camí estava format per quasi una dotzena d'homes. I no eren amigables.

Es va despertar de cop. Una mà invisible li va colpir la consciència. Portaven una càrrega preciosa i preuada, medecines, material mèdic, estris que, potser, en el mercat negre podien valer molts diners. Ningú no li havia parlat d'assaltadors. Allò constituïa tota una sorpresa. Però ara ja no importava.

—No t'aturis, Ari —se li va acudir dir.

El xofer ja reduïa la velocitat.

—*Don't stop* —li va demanar.

Es va trobar amb els ulls suplicants del seu conductor. No era un heroi i ella tampoc no era una heroïna. Els homes apostats al davant no es movien. A mesura que el tot terreny amb la part posterior convertida en camioneta per a la càrrega va minvar la velocitat, altres homes van sorgir a banda i banda de l'arbreda i van pujar als costats.

La Sílvia es va aixafar contra el seient.

El lloc era perfecte, un revolt del camí, des del qual es veien les dues rectes, l'anterior i la posterior. No hi transitava cap més vehicle en aquell moment. I tampoc no hi havia ningú a prop. Potser els mateixos assaltadors havien decantat la gent o potser no, però ara tant era.

L'Ari va aturar el cotxe.

Tenia els ulls tan desorbitats que semblava que les pupil·les li havien de saltar de les òrbites.

—Tranquil —li va dir.

Tenia dinou anys, era una dona i estrangera i se li acudia dir-li, a ell, que estigués tranquil.

Un dels homes va ficar el cap per la finestreta del costat del conductor. Va parlar amb l'Ari prescindint d'ella. Li va assenyalar un desviament, a menys de deu metres, a l'esquerra, abans d'arribar a la barrera humana del camí.

L'Ari va dirigir una mirada suplicant a la Sílvia.

—D'acord —va assentir—. *C'mon.*

A velocitat reduïda, el vehicle va sortir de la seva ruta i va sotraguejar per un caminoi irregular i estret. La meitat dels homes anaven davant i l'altra meitat darrere. De tota manera no van rodar gaire per allà. A menys de vint metres, ara a resguard de qualsevol mirada tafanera des de la carretera, van fer que l'Ari parés el motor.

Es va fer un silenci espantós.

No volia morir allà. No li volia donar la raó al seu pare. No volia que trobessin el seu cos, dies i dies després, destrossat a cops de matxet i menjat per les bestioles, perquè després l'enviessin en una caixa a Espanya. No volia que els diaris parlessin que una cooperant havia estat assassinada impunement per uns desesperats.

Tot això la va fer sentir furiosa.

Perquè tampoc no volia que li robessin allò que l'hospital necessitava tant.

Un dels homes, el que semblava el cap, va obrir la porta del seu costat.

—*Down!* —li va cridar.

No li va quedar més remei que obeir-lo i baixar.

* * *

L'Ari es va situar davant del cotxe, amb les mans enlaire, com si l'apuntessin amb una pistola. Les úniques armes visibles eren ganivets molt grans, matxets. Els seus ulls encara estaven desorbitats. Rebotaven en la impassibilitat dels assaltadors. La Sílvia no es va situar al seu costat, va anar a la part del darrere. L'escena, de sobte, semblava congelada. Els intrusos no saquejaven la càrrega. Esperaven.

Quan els dos primers van pujar, va exclamar el crit.

—No!

Els dos homes es van aturar. Van mirar el cap de la partida. Potser aquella paraula, després d'anys i anys de servitud, encara obraria en ells algun efecte. La Sílvia la va repetir.

—No!

Va allargar tots dos braços, els va recolzar a la part posterior del tot terreny, l'abatible que servia per pujar i baixar la càrrega.

Llavors un d'ells es va posar a riure.

I els altres, sortint de la seva catarsi, van imitar les seves rialles.

—Això és necessari a l'hospital —ho va repetir

en anglès, emfasitzant la paraula «hospital».

Es va produir algun comentari entre ells, però res més. Els que estaven enfilats al cotxe van agafar la primera de les caixes.

—És que no ho enteneu? És per curar-vos, a vosaltres, a les vostres dones i als vostres fills. No us ho podeu emportar!

Es va dirigir al presumpte cap. Era un home d'alçada mitjana, prim, amb els pòmuls sortits i els cabells de punxa. Les seves cames estaven lleugerament arquejades i tenia els peus molt grans, gairebé desproporcionats amb relació al cos. Probablement mai no havia portat sabates. Vestia una faldilla agafada amb un nus pel darrere, convertida en pantalons, i portava una vella armilla pel damunt.

La va voler apartar.

Va ser llavors que es va escoltar aquella veu, que parlava un anglès pèssim.

—La dona diu que això medecines.

Tots van mirar cap a qui havia parlat. Destacava de la resta per la seva obesitat, evident en relació amb els altres. Va fer un parell de passes per dirigir-se al qui portava la iniciativa.

Es va iniciar una discussió, en la seva llengua.

La Sílvia no va perdre el temps. Gairebé ni respirava veient aquella inesperada oportunitat.

—Digues-li que això és important per a l'hospital, si us plau. Són medicaments per salvar nens.

La discussió es va mantenir uns segons més. El cap del grup parlava amb veu seca. L'altre, més relaxat. Van tornar a centrar la seva atenció en ella.

—Diu tu americana, sempre a tot arreu, mala persona.

—Sóc espanyola! —va cridar—. Espanya! *Spain*! —i va continuar en anglès—: He vingut a curar nens indis! Déu meu! És que esteu bojos?

La resta va succeir molt ràpid.

El cap del grup va donar una ordre als dos que estaven enfilats. Van tornar a agafar la primera caixa i els seus companys van envoltar el vehicle per ajudar-los a descarregar. La Sílvia va saber que s'acabava de tornar boja, que només era una noia acabada de sortir de l'adolescència enfrontant-se a un grapat de desconeguts al bell mig d'enlloc.

Però, tot i així, ho va fer.

Va tornar a cridar i es va posar davant d'ells amb els braços oberts, tan rabiosa com quan de petita algú li prenia una joguina i es barallava per aconseguir-la.

—No!

Quan l'home que dirigia la partida va fer un pas cap a ella i va alçar el matxet, ella va tancar els ulls i es va orinar al damunt.

* * *

Esperava el cop. Però no va arribar.

En comptes d'això, va escoltar una altra vegada les rialles, encara més fortes, més escandaloses. Ho va comprendre tot en obrir altra vegada els ulls i veure l'escena. Fins i tot el cap es reia dels seus pantalons tacats de pipí.

Però no va sentir vergonya.

Només va aprofitar la seva última oportunitat.

—Això és per a l'RHT, si us plau, digues-li-ho —va demanar a l'improvisat traductor.

No va fer falta gaire cosa més. La paraula clau va ser aquella: RHT. Rural Hospital Trust.

El cap va alçar una mà i va frenar l'acció de la resta.

—RHT? —va preguntar amb un anglès gutural.

Una escletxa.

—RHT! *Yes! Hospital! You know?* —va buscar la complicitat de l'únic que l'entenia una mica i va continuar en anglès, més a poc a poc encara que igualment ferma—: Deveu conèixer la doctora Roca, Elisabet Roca! I el doctor Llorenç Giner! Són els metges! Ells us curen! RHT! RHT!

La discussió entre ells va ser la més llarga de totes. La Sílvia se sentia incòmoda, mullada, però no s'atrevia a moure's. L'Ari continuava amb els braços enlaire, per la part del davant, sense que ningú li fes el més mínim cas. La mirava amb cara de mal de panxa, tot pensant que s'havia tornat boja.

Ho devia estar, però ja era tard per fer-se enrere.

Va intentar desxifrar per on anava la conversa pel to i les paraules, però li va ser del tot impossible.

Llavors va treure tots els diners que portava a la butxaca.

—Agafeu això —va dir.

El cap del grup va acabar la disputa. L'altre home i ell es van col·locar davant la Sílvia. Cap dels dos va tocar de moment els diners, encara que se'ls van mirar.

La nova pregunta la va desconcertar.

—Coneixes germana Sílvia?

Va parpellejar un parell de cops, sense entendre res.

—Sílvia —va dir—. Jo em dic Sílvia.

—Germana Sílvia, de l'RHT.

No va comprendre allò de «germana» però la paraula no admetia dubtes tot i el seu anglès pèssim: «*sister*».

—Sóc... jo.

—Tu ets germana Sílvia que paga fusta per a Chandaben?

La mare de la Sahira!

La sang es va disparar a les seves venes. Va sentir un brunzit a les temples.

—Sí —va assentir.

El traductor i el capitost es van mirar per última vegada. No se'n va parlar més. El cap del grup va allargar la mà i li va agafar els diners que encara sostenia. Va alçar la veu per donar una ordre i els homes van saltar de la part del darrere del tot terreny. Quan l'abundant vegetació els va començar a engolir, ell va fer la salutació índia per excel·lència, inclinant el cap sobre les seves mans unides pels palmells.

La seva última paraula va ser traduïda per l'home que l'havia ajudat.

—Diu sento.

La Sílvia no es va atrevir a badar la boca.

L'últim que va fer l'home, abans que desapareguessin tots, va ser emportar-se la llanterna, visible a la guantera de la porta del vehicle, encara oberta de bat a bat.

* * *

L'Elisabet Roca havia insistit a revisar-la de dalt a baix, començant pel pols.

—Estic bé, de veritat. No ha passat res.

—Perquè encara no t'ha sortit l'ensurt —la va prevenir—. A mitjanit potser et despertaràs amb el cor accelerat i cridant. Que vols que et passi això?

—L'Ari ha exagerat.

—L'Ari exagera sempre, però el que t'ha passat ha estat real. Per una vegada...

Havien arribat a l'hospital a cent per hora, com si els perseguissin les hordes de la matança d'Amritsar. La Sílvia no va poder impedir que l'Ari trepitgés gas a fons, ni tan sols quan ja arribaven a l'RHT. Segons el conductor, un «exèrcit» de bandolers havien intentat robar-los, però ella, «barallant-se contra tots», ho havia impedit.

O sigui que, malgrat tot, sí que era una heroïna.

L'Elisabet Roca tremolava.

—Calma't —li va demanar la Sílvia.

La doctora es va aturar un moment. Va omplir els pulmons d'aire i mentre l'expulsava ella es va aixecar i la va abraçar amb tota la seva estimació. La dona va correspondre a aquell gest inesperat. Totes dues van quedar atrapades en aquella calma compartida.

—Si t'hagués passat alguna cosa... —va murmurar l'Elisabet Roca.

—Això no és un creuer de plaer pel Mediterrani.

—Ja, però...

No la tractava com a una cooperant més, sinó com a una filla. La filla que mai no havia tingut. La Sílvia ho va comprendre de sobte i, llavors, la va abraçar encara més. Va témer que es posés a plorar, víctima dels nervis que la traïen, però, finalment, no ho va fer i es va dominar. En separar-se, els seus ulls es van trobar d'una manera diferent.

—Ho sento —va dir la doctora.

—Què és un viatge sense experiències per explicar? —va voler fer broma ella.

—Són bona gent, el que ha passat és molt estrany. Que algú robi..., però que ho faci un grup d'homes sols pot significar que les coses van malament. I això també em preocupa. Probablement, algú t'ha vist amb la càrrega i ha avisat que una occidental passaria per aquesta zona. No sabien que era material per a l'hospital. El que és extraordinari és que en assabentar-se'n s'hagin fet enrere i, encara més, que el gest que vas tenir amb aquella nena ja sigui conegut.

—Em va dir germana Sílvia.

—Molts creuen que som religiosos.

—Monges?

—Sí.

—Bé, ja ha passat. El que necessito ara és dormir vuit hores, però no pel trasbals, sinó pel trajecte d'anada i tornada.

—D'acord —l'Elisabet Roca li va acaronar el rostre—. Au va, vés.

La Sílvia se li va acostar i li va fer un petó a la galta.

—Gràcies —li va dir fluixet a l'orella.

Va ser suficient.

* * *

En Leo l'esperava al costat de la porta del bungalou. Estava assegut a l'esglaó, aparentment tranquil. La Sílvia es va adonar que fingia una despreocupació que els seus ulls traïen. Es va asseure al seu costat esperant que fos ell qui trenqués el gel.

Va trigar a fer-ho.

—Un mal trago, eh?

—Envejós —va fer broma ella—. Per una cosa que passa per aquí i no et passa a tu.

—A mi m'haurien tallat en rodanxes.

—I per què creus que no m'ho han fet a mi?

—Ningú no trenca una cosa bonica.

—Gràcies.

—De res.

Havien trencat el primer gel o la primera tensió. La Sílvia es va trobar amb els ulls del seu company, que escrutaven el seu interior.

—Ara de debò, com estàs? —es va rendir ell.

—Bé, no va passar res.

—Això no és el que explica l'Ari.

—Mira quin un. Estarà explicant la història a tothom i cada vegada hi anirà afegint alguns detalls extres, què t'hi jugues? D'aquí a un mes resultarà que jo soleta vaig lluitar contra cent homes a l'estil de l'Uma Thurman a *Kill Bill.*

—Hi havia d'haver anat jo, a buscar aquella càrrega.

—La doctora Roca va pensar que m'aniria bé sortir un dia.

—Ja ho sé.

—Ara no et trenquis tu el cap, d'acord? Prou nerviosa que està ella.

—Home, n'hi ha per estar-ne. Saps que en molts llocs la dona no val res.

—Va, Leo...

Va estar a punt d'abraçar-lo també a ell, com ho havia fet abans amb l'Elisabet Roca. Es va contenir. Es van tornar a mirar i llavors ella va tornar a sentir aquell rampell de pànic, un esclat emocional que la va obligar a posar-se dreta.

—Estic cansada —va dir amb mandra—. Promet-me que demà no tornarem a parlar d'això, d'acord?

—Descansa —va assentir en Leo.

Quan ella va entrar al seu bungalou, ell continuava assegut a l'esglaó, com si volgués passar tota la nit allà.

Capítol tretze

Els 14 manaments del bon cooperant formaven una cosa així com una declaració de principis. No eren un dogma de fe, però gairebé. Els va trobar navegant per Internet a Barcelona i els va fotocopiar juntament amb la història de la cooperació internacional. La paraula emprada inicialment havia estat «internacionalista», arran del conflicte de Nicaragua en els anys 80. Després es va acceptar el terme definitiu.

L'incident de la carretera la va obligar a llegir aquells manaments un altre cop. A fer-los seus.

Sobretot aquella primera nit, quan es va despertar amarada de suor, víctima d'un malson, i va saber que l'Elisabet Roca tenia raó: l'ensurt encara era dins seu i necessitava alliberar-lo.

El primer era: «Deixaràs la contrapart local protagonitzar el projecte». Equivalia a dir que l'única cosa que havia d'assumir la cooperació era el que les entitats i les persones del lloc on eren no podien dur a terme i que el cooperant havia d'assessorar, suggerir i proposar, mai decidir. El segon proclamava: «Estimularàs l'autoestima en la contrapart local», perquè un cooperant havia de valorar el que ja existia i fer que els ajudats se sentissin importants i necessaris, no pobres i estúpids. El tercer tenia aires de màxima: «No ajudaràs qui no s'ajudi a ell mateix». La cooperació havia de ser una trobada d'esforços i una suma de voluntats. El quart basava en la seva simplicitat la seva gran importància: «Cooperaràs, no faràs donacions». El cinquè manifestava: «Atendràs el procés: és el fonamental», per estudiar així la disposició i la capacitat de la comunitat ajudada per aconseguir nous objectius. El sisè era el seu preferit: «Comprendràs la cultura local». El setè advertia: «Evitaràs el nord-centrisme en les teves anàlisis i en la teva conducta. El vuitè era taxatiu: «No imposaràs, però tampoc no ho acceptaràs tot». En el novè es recordava: «No t'enganyis: el poder està repartit desigualment». El desè deia: «Seràs pont: traduiràs les dues lògiques». L'onzè insistia: «Coordinaràs el teu projecte amb el d'altres», perquè la necessitat era compartir, no competir. El dotzè era sens dubte el més difícil per a molts: «Acceptaràs que la meta no és ser estimat pels pobres». El tretzè, en canvi, suavitzava l'anterior: «Descobriràs que cooperar és aprendre», perquè en la cooperació també hi havia molt d'intercanvi i es podia rebre més del que un donava si es tenien els porus oberts, la ment clara i el cor descontaminat. L'últim manament tancava aquella gran lliçó d'humanitat: «Et convenceràs que la finalitat de la cooperació és desaparèixer».

No eren fàcils de seguir al peu de la lletra.

I el resum de tots plegats gairebé podia ser aquella frase paradigmàtica: «El que és important no és el que es dóna, sinó com es dóna».

Va tenir un dia de feina normal, va ajudar la doctora Roca en la recepció de nous pacients, va passar visita als internats, va trobar a faltar en Llorenç Giner, que ja feia molts dies que era als altres centres mèdics i no apareixia per l'RHT, i s'hauria oblidat de l'incident si no hagués estat perquè l'Ari ja havia explicat a tothom el que havien passat, amb la qual cosa la majoria la mirava amb expectació i xiuxiuejaven quan ella passava. L'Elisabet Roca no va voler denunciar res a la policia local. Ells ja tenien noció dels fets pel bocaorella i, a més, eren massa lluny.

Va ser a la tarda quan la Sílvia va descobrir en Pankaj a la porta de l'hospital i va saber que la buscava.

El criat d'en Mahendra no es va estendre gaire.

—El meu senyor vol que vagi a Pashbar al vespre, si us plau.

No li'n va preguntar el motiu. Estava segura que si el sabia, tampoc no li ho diria.

* * *

Va sortir de l'hospital una mica més tard del que acostumava, perquè va haver-hi una complicació d'última hora. Generalment, quan li venia de gust, anava a Pashbar tot passejant. En aquesta ocasió, i atesa l'hora, va utilitzar la vella bicicleta que de vegades feien servir per anar d'una banda a l'altra. En arribar al vell palau, en Pankaj era a la porta. Esperant-la.

—Que passa res? —es va estranyar la Sílvia.

—Ell li ho dirà —es va limitar a respondre el circumspecte assistent.

Va deixar la bicicleta a l'entrada i el va seguir. També era el primer cop que en Pankaj la precedia i la guiava. Van penetrar a la casa i no es van aturar fins que van arribar a una de les sales de la planta baixa. Un cop a la porta, el criat es va aturar i va inclinar el cap per deixar-la passar.

La Sílvia va traspassar aquell llindar tota sola.

El que va trobar a l'altre costat la va esglaiar i desconcertar d'una manera fulminant, perquè era el que menys s'esperava.

Cinc dels homes de l'assalt al seu tot terreny el dia abans, entre ells el cap del grup i el que havia actuat d'improvisat traductor.

Es va quedar glaçada.

—Passa, Sílvia —li va demanar en Mahendra.

L'amo de la casa estava assegut. Els cinc homes estaven drets, molt junts, com si els manqués l'espai. L'escena tenia alguna cosa d'irreal, un punt de ranci, reminiscència d'un passat que ella només coneixia de les pel·lícules que havia vist en la seva infantesa a la televisió. En Mahendra vestia amb una dignitat i elegància superior a altres vegades, i això que sempre es mostrava impecable. El seu aspecte era el d'un jove maharajà, incloent-hi un aparatós collaret amb un gran fermall pectoral.

No va fer més de dues passes i es va aturar més a prop d'en Mahendra que d'ells. Va començar a adonarse de les circumstàncies quan es va fixar en el detall que els lladres del dia anterior refusaven mirar-la. Fins i tot el cap tenia els ulls clavats al terra, encara que, de tant en tant, els desviava furtivament en direcció a qui presidia aquella estranya reunió.

—Què hi estic fent, aquí? —va preguntar a en Mahendra.

El seu amfitrió va moure una mà cap al grup.

—Són ells? —es va limitar a preguntar.

La Sílvia els va abastar amb la seva mirada. Podia captar la seva por. Formava una segona capa de pell, una energia que s'expandia fins a on era ella.

—Per què ho vols saber?

—Tu digues-m'ho —va insistir en Mahendra en el seu anglès pausat, sense ni una engruna de cap altra cosa que no fos calma en la seva veu—. Els reconeixes?

—Què els faràs, si són ells? —va voler saber.

Per a en Mahendra la pregunta era obsoleta. Va alçar una cella sorprès.

—I tu m'ho preguntes?

—Sí.

—Et van assaltar.

—Digues-me què els faràs si són ells.

—Castigar-los.

—Pots? —va arrugar el front.

—Sí.

Es va sentir com si li haguessin donat un parell de bufetades, no fortes, només reveladores. Un despertar sobtat a la realitat de la qual mai no aconseguia escapar encara que, de vegades, sí que se'n sentia al marge.

—Llavors no, no ho són —va dir amb fermesa.

L'únic dels cinc homes que sabia alguna cosa d'anglès, el traductor, va alçar el cap per mirar-la. Va xiuxiuejar alguna cosa al cap del grup i aquest el va imitar. Els altres tres encara estaven espantats.

—No t'entenc —va mostrar la seva sorpresa en Mahendra.

—Tu no ets la llei.

—Però puc...

—Això és l'Índia, ja ho sé —la Sílvia va fer un gest de cansament i va recordar els 14 manaments sense saber massa bé on encaixava allò—. Però la meva justícia no és la teva justícia, per la qual cosa és la meva paraula i l'has de creure: no són ells.

Sabia que no la creia. Però tenia el seu honor, el seu codi. En Mahendra va mirar els cinc homes amb menyspreu i després amb tristesa. Un canvi que només va apreciar ella. La reacció final no es va prolongar gaire més.

—Pankaj! —va cridar.

El criat devia estar-se a l'altra banda de la porta i va entrar a l'estança per rebre aquella ordre.

—Emporta-te'ls —va dir en Mahendra—. Que se'n vagin!

Els cinc homes van abandonar la sala tan junts com havien assistit al seu judici ràpid, inclinant els caps en passar per davant del seu jutge mentre ajuntaven les mans en senyal de respecte. El cap i el traductor van ser els únics que es van atrevir a mirar la Sílvia per última vegada. Quan van desaparèixer de la seva vista, ella va fer el gest de seguir-los.

En Mahendra li ho va impedir.

No va ser una ordre com l'anterior, el to era molt més implorant que peremptori i tenia un deix de necessitat que es va fer, més que palès, obsessiu. No obstant això, la paraula va quedar revestida de matisos contradictoris en sonar amb emotiva força en aquella estança:

—Queda't.

* * *

En Mahendra es va aixecar i va caminar envers ella. Estava impressionant, però de cop ja no era l'home jove i atractiu que aconseguia impressionar-la per la seva cultura, per la seva forma de parlar, la llegenda o el seu dolor d'amant vidu solitari. De sobte era el príncep ocult, l'home que superava la fascinació en nom del poder, la persona que havia estat a punt de convertir-se en jutge de la seva causa.

Un estrany.

Es va abocar a aquells ulls cristal·lins, sempre vermellosos i brillants. Hi va veure l'esclat de tantes coses que no va saber amb quina quedar-se. En Mahendra també va llegir els seus sentiments i els va traduir en paraules.

—No t'entenc —li va dir.

—Ni jo a tu.

—Van estar a punt de robar-te; potser de fer-te mal, fins i tot.

—No t'has aturat a pensar que, si un grup d'homes intenta robar, és perquè tenen necessitat de fer-ho?

—Robar no és la solució.

—I passar gana? Quants diners tens, Mahendra?

—No sóc ric.

—Però tens diners, més dels que aquesta gent tindrà en la seva vida, de segur.

—Vols que sigui un bon home i els reparteixi entre els pobres? I després què? Sempre hi haurà més pobres. El que és important és crear treball i donar-los mitjans.

—Els en dónes?

—Sí.

Va aguantar la seva mirada. No sabia si creure'l, o com fer-ho.

—Tu no em coneixes —va dir en Mahendra—. I m'agradaria que ho fessis.

—Com més gran és la desigualtat entre les persones, més creix la indiferència en el cor d'uns i la ràbia i la desesperació en el dels altres. En molts països han esclatat guerres i revolucions per això, no ho oblidis.

—Aquí no.

—Això és l'Índia, ja ho sé —va fer un gest de cansament—. Aquí teniu castes i això us protegeix els uns dels altres. El ric pot caminar pel carrer al costat del pobre i no passa res. Però de tant en tant algú no pot més, saps? D'on són, aquests homes?

—D'un poble proper, Pergabar.

—I què succeeix a Pergabar?

—S'hi ha construït una carretera i també una petita presa. El seu ecosistema s'ha desequilibrat.

—Déu meu... —va sospirar la Sílvia—. L'eterna història.

—Estem estudiant alternatives.

—Qui?

—Les meves empreses.

Es va sentir esgotada. «Les mil i una nits» es convertien en una sola realitat.

—Mahendra, aquí, a l'exterior, hi ha tot un món —manifestà a poc a poc—. Un món que no coneixes, tret dels diaris o d'Internet, i que no arreglaràs a través de les teves empreses si no el veus amb els teus ulls, per molt que en sàpigues. Què penses que hi faig jo, aquí? Hauries de sortir d'aquesta casa i dels seus records. Sortir i viatjar, viure.

—Vindries amb mi?

—Què dius? —va acusar l'impacte.

—Ets la meva amiga. Porta-m'hi. Anem-nos-en junts.

—Oh, Déu! —es va fregar la cara amb una mà—. De què estàs parlant? Penses que és així de senzill? No puc!

—Per què no?

—No ho entens, oi? Jo tinc la meva feina aquí i després els meus estudis al meu país i la meva pròpia vida.

—Llavors no m'interessa aquest món.

—Mahendra!

Es va trobar davant d'un nen. De cop. Un nen gran, potser espantat, potser tan allunyat de la realitat que ja li era impossible tornar-hi. Un nen que vivia tan presoner de Pashbar com l'últim emperador de la Xina havia viscut presoner de la seva Ciutat Prohibida sense saber què succeïa a l'altra banda dels seus murs.

I parlava seriosament. Li proposava... viure la seva fantasia.

—Me n'he d'anar —es va rendir la Sílvia.

—Queda't, estem parlant.

—Avui no puc parlar, ho sento. El meu cap no dóna per més.

—Li diré a Pankaj que t'acompanyi a l'hospital.

—Per què? Puc anar-hi sola.

—Digues-me almenys si eren ells. Et prometo que no els faré res.

No li va respondre. Va ser una última mirada de resignació, esgotada. Va fer mitja volta i es va encaminar cap a la porta, deixant-lo allà, sol, omnipresent, al bell mig de la sala.

De tot Pashbar.

* * *

Aquella nit li va fer la pregunta que tant li cremava a l'ànima.

—Per què fa tants dies que no ve el doctor Giner?

L'Elisabet Roca gairebé va deixar de mastegar.

—Deu tenir feina. Sempre va d'una banda a l'altra.

—Doncs jo més aviat penso que no vol venir.

—Sílvia...

—És veritat! D'allò que els ulls no veuen, el cor no se'n dol.

—El que faltava —el sospir de la doctora va ser profund i prolongat—. T'has pres tan seriosament això de ser cooperant que ja estàs disposada a arreglar-ho tot, fins i tot la vida dels altres.

—Però si sou l'un per l'altre.

—I això què significa?

—Que també sents alguna cosa per ell, però que li dónes allargs perquè tens por.

—Tots tenim por davant de l'amor —va canviar el to i va reaccionar alterada—. I què vol dir, això que jo també sento alguna cosa per ell? L'estimo molt, per descomptat, és un gran home! Però no per això ja m'he de tornar boja com una adolescent! A tu, això et deu semblar molt romàntic —va abastar l'RHT amb els braços oberts—, però nosaltres ens quedarem quan te'n vagis, i és molt diferent.

—L'únic que sé és que l'amor es nota quan existeix.

—El noten els altres. De vegades un, o una, està cec.

—Així que ho admets.

—Jo no admeto res —li va dirigir una mirada d'acer—. Que potser em fico jo amb tu, bonica?

—Pots ficar-te amb mi, si vols.

—Ah, sí? Mira..., és millor que no em provoquis.

—Però si jo estic aquí tan tranquil·la.

—Tranquil·la? —va esbufegar de sobte, combativa—. T'acabo de dir això de la ceguesa i ni te n'has adonat.

—Jo? De què m'he d'adonar?

—En Leo.

Se li'n va anar el color de les galtes i va reaparèixer convertit en una intensa màscara vermella. Tot en menys d'un segon.

—En Leo? —va al·lucinar—. Però si som amics!

—Oh, sí, com en Llorenç Giner i jo.

—Això no és cert. El doctor Giner està enamorat.

—I tu com saps que en Leo no s'ha enamorat de tu?

—Perquè una noia s'adona d'aquestes coses.

—I si ell és molt bo i sap com no trair-se?

Ara es va quedar un moment sense parla. Per la ment li van passar imatges, escenes, les últimes xerrades amb en Leo, les seves últimes discussions o rialles, cada mirada, cada frec. I va recordar aquell dia en el qual ell li va dir que no s'enamorarien, que serien amics.

—Oh, no! —es va espantar de debò.

—Oi que això sí que fa por?

—No és el mateix.

—Per què? Perquè en Llorenç i jo ens quedem aquí, i vosaltres us n'aneu?

—Sí, no... No ho sé.

—Doncs ja ho veus —l'Elisabet Roca va continuar menjant—. Per si de cas no li facis mal, d'acord, trencacors?

—Això no és just —va protestar encara, parada.

La dona li va fer l'ullet. Cada vegada semblaven més mare i filla. En tots els sentits.

—Si la vida fos justa, no faríem falta —manifestà fent un gest de resignació.

* * *

La Viji va aparèixer tota suada per l'esforç, després de córrer per anar-la a buscar. Va ser el primer que li va dir:

—On et fiques? No trobava.

—Què passa?

—Algú vol veure't.

—Qui?

—No sé. Algú. Home.

No va tornar a preguntar. Va deixar l'estetoscopi amb el qual examinava el pols i es va passar un drap pel front per eixugar la suor enganxosa que produïa la calor de la jornada. La Viji caminava a bon ritme, movent-se amb aquella estranya desimboltura que la feia anar d'una banda a l'altra pels problemes de la seva coixesa. No van tornar a parlar fins a sortir de l'hospital.

La seva visita s'esperava sota un arbre, prop de la carretera.

—Ell —senyalà la noia.

La Sílvia el va reconèixer a l'instant. Portava la mateixa roba que les dues vegades anteriors, la de l'assalt al tot terreny i la de la seva trobada a casa d'en Mahendra.

Era el cap d'aquella colla que li va voler robar.

Va vacil·lar un moment, sense saber què fer. Llavors va comprendre que era una bajanada témer alguna cosa, a plena llum del dia, tan a prop del centre mèdic. A més, l'home la va veure i va abaixar el cap, mostrant un clar senyal de respecte. Portava alguna cosa subjectada a la cintura, introduïda entre la roba i la carn.

—Vine amb mi —va demanar a la Viji.

Va caminar fins a l'home. Quan va ser prou a prop, ell va unir les seves mans i la va saludar amb rigor. La Sílvia no va correspondre al seu gest. Continuava sense entendre res.

No va fer falta que digués a la Viji que li preguntés el motiu de la seva visita.

Després de la salutació, l'home es va agenollar i va extreure l'objecte que portava a la cintura: la llanterna.

Amb el cap cot, de genolls, va alçar les mans per tornar-la-hi. La Sílvia es va empassar saliva.

Va agafar la llanterna de les mans de l'home. Era l'única cosa que podia fer. Quan aquest se'n va haver alliberat, va introduir la seva mà dreta en un altre dels plecs de la seva faldilla-pantalons.

El que li va donar tot seguit van ser els diners que havia robat en l'assalt, o més ben dit, els que ella mateixa li va donar per evitar que s'emportessin els medicaments.

Va pronunciar una sola paraula.

—Diu gràcies —la va traduir la Viji.

Ara l'escena estava congelada.

—Digues-li que es quedi els diners, per a la seva gent.

La Viji va arrugar el front. Li devia semblar molt, massa.

—Digues-li-ho.

Va obeir. L'home va alçar el cap amb la cara travessada pel dubte. Després va moure el cap fent que no.

—Diu no.

—Digues-li que no robi mai més. Que vingui aquí, a les oficines de la Fundació, i demani el que necessitin, un microcrèdit, el que sigui. Però que no tornin a robar.

No va esperar que la Viji acabés de dir-li tot allò, ni tampoc la resposta del seu visitant. Amb la llanterna a la mà, sense saber si havia fet bé o no a renunciar a aquells diners, sense saber si havia interpretat correctament els manaments del cooperant, ni tampoc si li havia donat una lliçó o si s'havia comportat com una ingènua, va girar cua i va tornar a l'hospital.

* * *

L'Índia era massa forta per assimilar-la en un estiu. Però cada dia que passava en sabia alguna cosa més. I el que era més fonamental: que ja la portava molt endins.

Tant com per tornar l'estiu vinent, i l'altre, i l'altre, i...

—Papa?

—Sílvia?

Estava tremolant, però aquell era el moment. Si d'alguna cosa es fiava, era de la seva intuïció, del seu sisè sentit. Li quedava menys d'un terç del seu temps abans de tornar. Un vèrtex.

Així que no podia fer com els estruços, amagar el cap sota terra. Amb l'Artur era diferent, perquè el que estava en joc era el seu futur, la seva felicitat en comú. Però no amb el seu pare.

Sempre ho seria.

—Com va tot? —li va preguntar exactament el mateix que si s'estigués a la Costa Brava i li truqués avorrida perquè no sabia què fer.

—Fas broma? Diràs com et va a tu!

—Si et dic la veritat, pensaràs que sóc en un balneari o una cosa així.

—Digues-me la veritat.

—Això és el que esperava, papa —va reunir el valor per dir-li-ho—. I també el que necessitava.

—Tan important és el que fas?

—Ja parlarem quan torni, amb calma, ara no sabria explicar-t'ho. Mira..., no dic que no hi hagi metges de debó a qualsevol lloc, però aquí és diferent. Aquí et sents metge d'una altra manera. I t'ho dic jo, que com qui diu acabo de començar la carrera i encara em queda molt.

—Quan eres petita, quan t'obsessionaves amb alguna cosa, per dolent que després resultés tu t'entestaves a defensar-ho.

—Això és diferent —es movia per una línia molt fina als costats de la qual s'obria un abisme. Aquella era una trucada important. Una treva. No volia espatllar-la, ni barallar-se amb ell a milers de quilòmetres de distància—. Papa, no es tracta de defensar res. Sabia on em ficava i, el més fonamental, per què m'hi ficava, i ara em sento nova.

—Ets una somniadora i ho saps, estimada.

—Estic aprenent a viure —va fer servir la seva vehemència més ferma per manifestar-li-ho—, i això és el més important que pugui fer, a més de ser metgessa. T'asseguro que, malgrat els problemes, la diferència cultural, tantes coses com ens succeeixen aquí, dia a dia, em sento feliç d'haver fet aquest pas, i l'únic que lamento és haver-te fallat.

—Sílvia, sàpigues una cosa: tu mai no em fallaràs, perquè ets la meva filla i t'estimo. En qualsevol cas, et fallaràs a tu mateixa.

—Doncs llavors tranquil —va respondre plena d'una calma plàcida—. No sóc de les que es lamenten dels errors, perquè sé que tot ajuda a créixer i a viure. Crec que trobar el camí, el que una persona vol, és el més important de la vida. El meu és aquest i encara que no sé cap a on porta, perquè aquesta és una altra història, el seguiré fins al final.

—No sé si et conec —mussità el seu pare a l'altre costat del fil telefònic.

El notava diferent, menys categòric, menys inflexible i implacable, com si aquelles setmanes de reflexió l'haguessin suavitzat. Va recordar el que li havia dit el seu germà Jordi: el seu pare havia plorat. No s'ho treia del cap. El seu pare havia plorat.

—Em coneixes millor del que et penses, papa —es va adonar que ja no tremolava—. Només t'has de mirar al mirall per veure'm a mi.

—Déu meu... —va sentir que murmurava—. Quan t'has fet una dona, així, tan de cop?

TERCERA PART

La vida és un 10% el que fas
i un 90% com t'ho prens.
Irving Berlin

Capítol catorze

Al casament de la Narayan, l'única que no reia era la núvia.

La festa era maca, la cerimònia era maca, la gent era maca. Per a la Sílvia era una explosió de llum, color i so. La llum d'un dia esplèndid projectada sobre la festa. El color de les robes i les joies daurades, brillants les unes i les altres. El so de la música, místic i furiós, embolcallant fins a embriagar.

I, no obstant això, quan mirava la germana de la Viji...

La Narayan plorava, espantada. Plorava perquè, de sobte, s'adonava de la infantesa i l'adolescència que li estaven arrabassant. Tota la seva felicitat dels dies previs topava amb la realitat final. No tan sols es casava amb un desconegut, guapo i jove si més no, sinó que se n'aniria de casa seva per anar a viure en una altra banda, lluny, amb persones que no coneixia, perdria les olors, el rastre i el tacte dels seus éssers estimats. I tot allò sense oblidar que al final de la cerimònia, nena o no, almenys per a un occidental, es convertiria en dona mitjançant la seva nit de noces, lliurant-se a l'home amb el qual hauria de compartir la seva vida.

Compartir la seva vida... per sempre.

Només de veure-la plorar i pensar en el sexe de la submissió, per obediència al seu marit, la Sílvia ja s'estremia i se sentia horroritzada.

—Sisè manament: «Comprendràs la cultura local» —es va repetir en veu alta—. Setè manament: «Evitaràs el nord-centrisme en les teves anàlisis i en la teva conducta».

Ho sabia, ho valorava, ho acceptava. Però, tot i això, en tenia prou de veure la Narayan i veure aquelles llàgrimes, la infinita tristesa que destil·lava enmig de la cerimònia on tothom reia, cantava i ballava en honor dels joves esposos. Les dones de la festa havien passat pel mateix, sense excepció. I cap d'elles no semblava sentir llàstima per la nena. Totes donaven per fet que l'amor el produïa el contacte, no la passió momentània i efímera que diferenciava els occidentals. L'amor era, abans que res, respecte. El marit manava i la dona obeïa. Respecte a l'antiga, en una sola direcció.

A l'altra banda de la tarima on la Narayan i el seu marit romanien quiets, mentre la festa es movia al seu voltant, l'única persona trista, malgrat els seus esforços per estar alegre, era la Viji.

Mirava la seva germana petita amb enveja, amb gelosia.

—És guapo, oi que sí? —havia dit a la Sílvia.

El jove no devia tenir ni dinou anys. La seva mateixa edat.

La Sílvia no podia deixar de pensar en ella mateixa i en l'Artur. S'imaginava casada amb ell i... no podia.

No d'aquella manera. Bé, ni d'aquella ni de cap altra manera. Encara no. Era superior a les seves forces; no perquè no l'estimés, sinó perquè la paraula «matrimoni», igual que paraules com «per sempre», «amor etern» i d'altres de semblants se li feien molt fortes. No hi estava preparada. I si ella, que feia un any que sortia amb l'Artur i l'estimava, amb prou feines acceptava el compromís, com pretenia entendre aquell casament del qual era testimoni d'excepció, per més que els manaments del cooperant li marquessin el camí?

Sentia llàstima per la Narayan, era inevitable.

Una llàstima que mastegava a poc a poc i que s'empassava com si fos una bola de ferro, mentre ella també participava de la festa, reia, ballava, cantava...

* * *

En Leo va posar el dit a la ferida:

—Et sents així en relació amb la Narayan perquè ets una dona.

—No diguis bajanades. Et casaries tu amb una completa desconeguda, i que, a més, és una criatura?

—Si fos indi, sí. I tu també si fossis índia.

—Tard o d'hora aquests costums canviaran.

—Ja ho fan, però el preu és alt —va dir en Leo—. A Nova Delhi no són pocs els estudiants universitaris que ja tenen relacions íntimes entre si, però... la que queda marcada és la dona. Sempre ella. Moltes es troben amb el rebuig posterior. Fins i tot a Anglaterra o als Estats Units, on hi ha grans comunitats índies, el problema és el mateix. Vas veure *La boda del monsó?*

—Sí.

—La noia que és a punt de casar-se té una aventura amb un home. Quan diu al seu futur marit la veritat, ell la rebutja tot d'una. No importa que ell hagi tingut històries. El que compta és la dona.

—Després la perdona i s'hi casa.

—Tu ho has dit: la perdona. Des de quan s'ha de «perdonar» el fet de ser lliure?

Les discussions amb en Leo, del tipus que fossin, solien ser cada cop més apassionades. Gaudia «barallant-se» amb ell. Era un bon adversari i un polemista encara millor.

L'última frase li va fer recordar el seu pare i la conversa telefònica de la qual no n'havia parlat amb ningú.

—El meu pare crec que és a punt de fer-ho —va dir.

—Hi has parlat?

—Sí.

—Ha estat traumàtic?

—No, aquest cop no, estava molt suau. Continua pensant que aquí perdo el temps, que això és una bajanada, que són uns altres els qui han de ser aquí.

—Gent com jo.

—A què et refereixes?

—Gent que no aspira al premi Nobel de Medicina, només a ser metge —va arronsar les espatlles.

—Abans no era així.

—Les persones es fan més conservadores amb l'edat.

—No és pas un egoista, té les seves idees. Una vegada em va dir que preferia actuar com en Robin Hood, treure els diners als rics que poguessin pagar la seva feina i després donar-los als pobres.

—Els dóna als pobres?

—Col·labora amb moltes organitzacions.

—Això és una manera de no sentir-se culpable. Com els cantants. Tots són de Greenpeace, d'Amnistia Internacional, graven discos benèfics, munten grans concerts en pro d'una causa o una altra...

—Però ho fan, que és el que importa.

—S'hi senten obligats.

—Per què ets tan escèptic?

—Ja hi som —va torçar els llavis fent una ganyota de suficiència—. Dic el que penso i plantejo les coses tal com són i sóc escèptic.

—Tal com són per a tu. Els músics sempre han estat el motor de moltes causes importants. El «Live Aid» del 85, els concerts per Nelson Mandela, les campanyes a favor dels damnificats per la sida... Si a tu et caiguessin mil milions d'euros també faries coses, o no? I llavors no pensaries que ho fas per no sentir-te culpable, sinó que ja que pots i tens la sort..., et toca.

—N'has parlat amb el teu amic Mahendra, d'això?

* * *

Quan en Leo parlava d'en Mahendra, la Sílvia ja tremolava, i aquest cop també ho va fer. I no va poder esquivar el tema. Hi estaven ficats de ple.

—I per què hauria de parlar-ne amb en Mahendra?

—És ric.

—Em va dir que no ho era, però que, de tota manera, canalitzava les ajudes a favor dels necessitats.

—I te'l vas creure?

—Aquestes terres són seves, no te n'oblidis.

Va començar a comprendre el motiu que en Leo hagués aconseguit posar l'amo de Pashbar a la conversa, i el fet de descobrir-ho la va inquietar.

—Et veig de princesa índia —va sospirar en Leo.

No va saber si riure, enfadar-se o no fer-li cas. No va saber què contestar-li ni en quin to.

—No diguis bajanades —ho va fer en un to molt neutre.

—Doncs series una princesa fantàstica.

—A veure, per què ho he de ser? —va acceptar el repte de discutir-ho.

—Hi vas sovint.

—Això no és cert. Ara ja fa dies que no hi vaig.

L'última vegada havia estat perquè ell li mostrés els culpables de l'assalt.

—De què parleu?

—De coses, de l'Índia, del nostre país, de la feina... Aquella casa és fascinant.

—T'agrada?

—Sembla sortida d'un conte i el mateix passa amb els jardins, el llac...

—Em referia a ell.

Era una pregunta sense resposta. Sí, li agradava com a persona i com a companyia, i no, no li agradava com a home, almenys no en el sentit que ho deia en Leo.

Va tornar la sensació d'inseguretat.

—Leo, què et passa? —va intentar col·locar la pilota a la seva teulada.

—A mi? —va ser una reacció massa ostensible—. Res, per què?

—No et cau bé en Mahendra.

—Em sembla pintoresc —va argumentar—. De tota manera, tampoc no el conec. Per a mi només és un altre anacronisme.

—Perquè viu sol en aquell palau i té cura de la tomba de la seva dona?

—Un príncep enamorat va construir el Taj Mahal en honor de la seva estimada morta. Hauria de fer un altre monument semblant.

—Jo li vaig dir el mateix —va dibuixar un somriure la Sílvia.

—Em costa de creure que no t'hagi insinuat res.

La va assaltar un accés de calor. Va recordar el que li havia dit l'Elisabet Roca sobre els possibles sentiments d'en Leo. De la calor va passar al batec del seu cor. En va tenir prou de mirar-lo de reüll, mentre ell tenia els ulls posats en el llac, dissimulant, per adonarse que podia ser veritat.

En Leo s'estava enamorant.

Encara que hi lluités en contra. Potser no es donava la més mínima oportunitat i això li permetia mostrar la seva faceta més dura. Fos com fos, la conversa vorejava marges perillosos.

Malgrat tot, què hi havia d'estrany?

Estaven sols, els dos únics cooperants espanyols, eren joves i el món era tan lluny d'allà. Tant.

* * *

Va provar que la seva veu sonés sincera.

—En Mahendra viurà eternament enamorat de la seva dona.

—D'això, n'estic segur —va dir en Leo—. Però tu no ets una persona que passi indiferent. Mai no ho seràs. Aquella casa ha rebut la teva llum i això ell ho sap, no és pas cec ni insensible.

—Leo, si us plau... —es va sentir derrotada.

En va tenir prou de veure-li els ulls, el rictus de tristesa i dolor. El rostre d'en Leo va canviar tot d'una.

—Perdona.

—Saps el que arribo a odiar haver d'escoltar sempre el mateix?

—Pensava que hi estaves acostumada.

—Allà potser, però aquí... Des que era petita que m'han dit que pel fet de ser atractiva ja ho tenia tot fet; que aconseguiria els nois que em proposés només fent petar els dits; que la vida em resultaria molt fàcil tant si estudiava com si no, perquè amb el meu encant..., els cops que he volgut ser lletja o he menjat per engreixar-me o... Jo què sé. No em vinguis ara tu també amb aquestes històries, perquè llavors sí que ja puc llençar la tovallola.

—Així que jo sóc diferent?

—Doncs sí.

—D'acord, on em situa això?

—Ets la primera persona en la qual he confiat en molt de temps. L'amic que mai no havia tingut.

—Però tornaràs amb el teu Artur.

Va tornar a encaixar el cop.

—Et puc preguntar una cosa?

—Endavant.

—Tant de mal et va fer ella?

En Leo va meditar la resposta o, més ben dit, li va aguantar la mirada. Se li va escapar un rictus de dolorosa ironia per la comissura dels llavis.

—I ella, què hi té a veure?

—Molt.

—No va sortir bé, això és tot —va arronsar les espatlles.

—Què va passar? —va repetir la pregunta.

—Sílvia...

—Tu has insinuat coses de mi, t'has ficat amb en Mahendra i t'acabo de dir que ets el meu amic. No em penses respondre?

—Em va deixar, et sembla poc?

—Ha d'haver-hi alguna cosa més o no estaries com estàs.

—I com estic?

—Rabiós. Recorda els nostres primers dies.

En Leo es va aturar davant de la porta del seu bungalou. La passejada s'havia acabat. El que va fer va ser inesperat per a la Sílvia. Tant, que la va desconcertar i desarmar completament. S'hi va acostar, la va agafar per les espatlles, va apropar la seva cara a la d'ella, li va fer un petó al front i després la va deixar anar.

—Se'n va anar al llit amb el meu millor amic com a represàlia —va dir amarant cada paraula amb un somriure sense ànima—. Ho va fer per fastiguejar-me, dolguda, culpant-me de tot. Així va saber que em faria el pitjor dels mals, perquè la perdia a ella i el perdia a ell.

No hi havia res més a dir i en Leo en va ser conscient.

—Bona nit, Sílvia —li va desitjar tot entrant al seu bungalou.

* * *

Una vegada va llegir una frase que la va impactar. Deia: «La bellesa és un do, però pot ser una maledicció si no se sap utilitzar».

Estava condemnada?

D'una infantesa insegura, entre burles i bajanades, passant per una adolescència amb molt més de trauma que de felicitat, a una joventut en la qual continuava sent una cara bonica per a la majoria. Un camí difícil. Molts nois no se li apropaven perquè creien que ella mai no els faria cas. D'altres se li acostaven just per tot el contrari, sobrats, sabent-se atractius com si allò fos el més bàsic perquè ella s'hi fixés.

Ara, allà, a l'altra banda del món, en Leo flaquejava en la seva resistència i en Mahendra li havia demanat que l'acompanyés a «descobrir la vida». Increïble.

—Artur, on ets? —va murmurar en veu baixa.

Va pensar en el seu pare, el millor cirurgià plàstic de Barcelona. Les persones confiaven en ell perquè els tornés la joventut, perquè les fes belles i guapes. El culte a estar prim i a la bellesa. El tenia just a casa seva.

I com més ensopegava amb la mateixa pedra, més ràbia sentia.

Tots donaven per fet que ella enamorava i tornava bojos els homes. Això creava ressentiments, inseguretats, frustracions. Alguns l'adoraven encara més, imaginant-la impossible, i d'altres la menyspreaven. Aquesta era la veritat.

L'única cosa que ella volia ser era ser metgessa, viure, estimar i ser estimada pel que era ella, com qualsevol altra dona.

—És una maledicció, sí —sospirà.

Es va ficar al llit amb el cap ple de tots ells, de l'Artur que l'esperava a casa, d'en Mahendra i el seu encís oriental, d'en Leo i el seu realisme crític.

Va somniar que la casaven a la força, a l'Índia, amb un home gran, gras, vidu, i que plorava com havia plorat la Narayan el dia del seu casament.

Capítol quinze

L'últim cop que havia estat allà van discutir. Va ser la nit que en Mahendra va fer que identifiqués els responsables de l'assalt, la nit que li va demanar que l'acompanyés en un llarg viatge de tornada al món dels vius, la nit que l'amo de Pashbar va deixar de ser un príncep encantat per convertir-se en una persona de carn i ossos, amb els seus dubtes, les seves limitacions, la seva concepció ancestral de la vida i la seva sobtada immaduresa, transformant-se davant d'ella en un nen gran atrapat en les seves contradiccions.

L'amant que cuidava la immensa tomba líquida de la seva esposa.

No sonava música índia. Per primera vegada, ell li mostrava les seves altres tendències, encara que fossin mínimes. Bob Dylan cantava *Trucant a les portes del cel.*

—No sabia que t'agradés en Dylan —va dir la Sílvia.

—La seva veu no m'agrada, però sí el que diu —va ser sincer—, fa pensar.

—Què et suggereix aquesta?

—Que tots ens passem la vida trucant a les portes del cel, un cop i un altre, siguem creients o no, perquè volem escapar dels inferns que ens sotgen.

—La meva preferida és *Like a rollin' stone*. És més, la lletra s'hi escau, a la meva situació actual —i va recitar—: «Què se sent? Què se sent valent-te sola, sense una llar, com una completa desconeguda, com una pedra que rodola?»

—Tu no ets una desconeguda, ni una pedra que rodola.

—Ara sí, t'ho garanteixo. I m'agrada —no volia parlar de casa seva, ni que ell li preguntés res dels seus pares. No volia haver de tornar a realitzar un nou viatge d'introspecció personal, així que va ser ràpida per canviar de tema—: A quina edat et vas casar?

—Als tretze anys.

Era superior a les seves forces. No podia posar el sisè manament del cooperant davant de les seves conviccions personals. La seva reacció va ser la d'una dona occidental.

—De debò?

—La Pushpa en tenia deu.

—Mare meva! —va cridar—. I quan...? No, oblida-ho.

En Mahendra va somriure entenent l'abast de la pregunta que ella mateixa havia avortat. No la va voler torbar més. Es va inclinar sobre la taula i li va omplir el got de llimonada. Tornava a haver-hi l'encís anterior a aquella nit. I no es tractava d'una treva, ni d'una pau signada després de la tempesta. Tots dos sabien que s'acostava el dia del comiat, per la qual cosa el que buscaven era perllongar tot allò que els havia unit al començament, la innocència dels primers dies.

—Aquest amic teu de l'hospital...

—En Leo?

—L'espanyol, com tu, sí?

—Què passa amb ell?

—T'agrada?

—No! Bé, sí... Els amics s'agraden mútuament, per això són amics.

—Bé.

Allò va ser tot. Un comentari i res més. De vegades els silencis eren estranys. En Mahendra la mirava i somreia. Ella fixava la seva atenció en el jardí o el llac o la sala en què s'estaven. A l'exterior plovia, així que parlaven a la biblioteca plena de llibres. Ara hi havia llibres de poesia i diccionaris de castellà.

—Vine —en Mahendra es va aixecar de la seva butaca—. Et vull ensenyar una cosa.

* * *

Van pujar al pis de dalt i van caminar per aquell passadís que conduïa a les habitacions privades de l'amo de la casa. La Sílvia va trigar una mica a comprendre les intencions d'en Mahendra. Les va endevinar quan es van aturar davant d'una porta bonica, finament tallada. Per la situació del palau va deduir la resta. Llavors se li va encongir el cor i va sentir un primer rampell de por.

Es va sentir una intrusa.

No va poder evitar que en Mahendra l'obrís, tot i que va estar temptada d'impedir-li-ho. Allà hi havia l'habitació, el llum etern que es veia des del seu bungalou a l'hospital, el reducte que, en un altre temps, cinc anys enrere, constituïa el centre de la vida a Pashbar. L'ànima de la Pushpa.

—Entra —la va convidar.

No es va moure d'on era.

—Què et passa?

—No... puc —va dir gairebé sense veu.

—No és un temple.

A ella li feia la sensació d'un mausoleu, més impressionant encara que el Taj Mahal. La terrassa era molt gran i estava completament oberta, perquè la llum del sol i el vent penetressin a l'estança i omplissin de vida les seves parets mortes. Tot el luxe que havia desaparegut del palau es manifestava allà amb una saturació generosa. Tapissos, mobles, retrats, el llit.

—Va, Sílvia, no siguis nena petita.

Va mirar la mà que li estenia en Mahendra i, més que acceptar, el que va fer va ser aferrar-s'hi. Quan va creuar el llindar, amb prou feines es va atrevir a respirar. Tots dos es van aturar al centre d'aquell món ancorat en el passat que, no obstant això, lluïa amb la intensitat del present, igual que si la seva mestressa continués entre ells. Va veure la roba de la Pushpa, infinitat de saris de tots els colors, i les seves joies disposades com si fossin una exposició al tocador. Allà hi havia el mirall en el qual veia reflectit el seu rostre i el raspall amb el qual acariciava els seus cabells, el vestidor, les sabates, els guarniments. El llum que veia des de l'hospital era al centre d'un altar situat davant la terrassa i el llac: un far.

El far de la tomba natural mai imaginada!

—Jo no hauria de ser aquí! —va dir.

—A la Pushpa li hauries agradat. Seríeu amigues.

En Mahendra parlava amb orgull. No s'hi intuïa cap sentiment de tristesa o de dolor. D'alguna manera li estava mostrant el seu cor i ho feia amb generositat, amb els palmells de les mans oberts.

L'habitació comunicava amb una altra que estava situada a l'esquerra. Probablement la dels seus fills.

—Anem-nos-en, si us plau —li va suplicar.

En Mahendra va fer que sí amb el cap. Va retrocedir amb ella i va tancar la porta. La Sílvia va ser la primera a dirigir-se a l'escalinata per tornar a la planta baixa. Ja no plovia. Com altres vegades, la cortina d'aigua havia parat de cop.

Va beure la llimonada amb avidesa, com si acabés de travessar un desert.

—Quan tens un dia lliure? —la veu de l'amo de Pashbar va reaparèixer al seu costat.

—Per què?

—Et vull ensenyar una cosa, a Mysore, vols?

* * *

Ajudar en Leo li produïa sempre una sensació d'impotència encara més gran, perquè el fet de mirar persones amb els ulls en blanc, tumoracions o defectes oculars molt importants li feia saltar les llàgrimes, per un simple efecte simpàtic. D'una manera covarda, evitava acostar-se a la zona on operaven els malalts i se'n tenia cura. Era l'única zona que era superior a les seves forces, de moment. Les dificultats en el diagnòstic i els problemes perquè nens i adults recuperessin encara que fos una part de la seva visió feien del treball d'en Leo una cosa molt dura. L'Elisabet Roca insistia que valia més el seu company sense haver acabat la carrera que molts altres que havia conegut. Tenia un do.

Com ja li havia dit al començament, allà importaven poc els títols acadèmics, encara que al final fossin necessaris.

Aquell matí li va anar a dir que en Mahendra l'havia convidat a anar a visitar Mysore amb ell, d'una altra manera a com ho havia fet ella en solitari, com si es tractés d'un guia qualificat. I que havia acceptat. Sempre calia coordinar-se d'alguna manera i discutir quin era el millor dia, ja que allà els festius no comptaven. Finalment, es parlava amb la doctora Roca perquè estigués al cas.

No va veure en Leo, però sí la nena.

O, més ben dit, la nena la va veure a ella.

Perquè, de sobte, en passar la Sílvia pel seu costat, la nena va allargar la mà i la va agafar retenint-la al seu costat.

Devia tenir més o menys l'edat de la Sahira, entre vuit i nou anys, i era molt menuda, massa, amb prou feines un sospir humà atrapat en un cos extremament prim, i una carona d'àngel trencat. El seu ull dret era un infern, perquè no tan sols hi tenia mosques ballant al seu voltant, sinó també en el seu interior. I ella, habituada a la seva presència, ni tan sols es molestava a espantar-les.

Tan bon punt la va veure, la Sílvia es va sentir defallir.

La nena li va dir alguna cosa inintel·ligible. Li va estrènyer la mà i li va somriure.

La reacció de la Sílvia va ser inesperada. Primerament, va retrocedir espantada. Després, va notar la temperatura a la mà de la nena, que estava bullint per la febre. I, finalment, l'últim i més dur va ser recordar la Sahira, l'empremta de la qual continuava indeleble en el seu cor.

En aquell moment ja no era una cooperant, sinó algú covard i inútil.

—No..., no, ho sento...

Va deixar anar la mà, la va decantar.

I es va posar a córrer com un gos apallissat, entre els llits, buscant una mica d'aire que sabia amb certesa que no trobaria a l'exterior tòrrid.

* * *

No la va aturar la veu d'en Leo quan la va cridar.

—Sílvia!

Ni tampoc el seu crit, aquella ordre imperiosa.

—Sílvia, atura't!

No era ella, era una projecció, una doble que de cop acabava d'ocupar el seu cos o el que era pitjor encara: la seva ànima. Ni tan sols entenia la seva reacció, o potser sí, no n'estava segura. El dolor dels altres mai no l'havia afectat. Volia ser metgessa precisament per combatre'l. Resistia escenes dantesques de sang i d'horror.

Però de vegades n'hi havia prou amb una petita empenta per...

—Sílvia!

En Leo era al seu costat, com aparegut del no res. L'havia aturat després d'una breu persecució. L'havia agafat pels dos braços i la mirava amb el rostre greu.

—Però, què has fet?

—Jo... —va vacil·lar, atordida.

—Està plorant! És que no te n'adones? L'has espantat! Què caram et passa?

La nena, parlava d'aquella nena...

—Sahira...

Els ulls d'en Leo li van tornar el seu atordiment convertit en sorpresa.

—Sílvia, et trobes bé?

No li va respondre. De fet no era allà, ni ell era en Leo. O si més no, no tan sols en Leo. També podia ser l'Artur, o en Mahendra, o tots tres.

—No és la Sahira —va dir el noi a poc a poc—. Es diu Lakshmi.

—Lakshmi?

—Sílvia, tranquil·la. Vine.

La va agafar per les espatlles fins a una zona on hi havia ombra, per evitar el càstig implacable del sol. Un cop hi van arribar es va tornar a posar davant d'ella i la va obligar a mirar-lo. La Sílvia va tancar els ulls.

—Estàs esgotada, oi?

—No —va moure el cap d'una banda a l'altra.

—Per què ho has fet?

—La Sahira va morir.

—I la Lakshmi potser es morirà d'aquí a dos o tres dies, sí. No és només l'ull, té una infecció. Però d'això es tracta: és aquí perquè l'ajudem a viure o morir dignament.

—No... —va murmurar.

—Sílvia, mira'm.

Veia les mosques dins l'ull, sentia la calor d'aquella mà bullint.

—No puc —va sospirar.

—Sí que pots —la pressió dels dits d'en Leo als seus braços li va fer mal—. És el teu deure, per això vas venir. Li fas més falta a aquesta nena si és que s'ha de morir que no pas si viu.

—No vull que es mori —va murmurar per segona vegada.

—Llavors, dóna-li el que t'ha demanat. Dóna-li amor! La Lakshmi no té ningú, la van vendre quan tenia cinc anys, ha fet estores, potser l'han prostituït i ara que està malalta l'han llençat al carrer com un gos! És possible que mai ningú no l'hagi acariciat..., i era el que et demanava, una carícia!

La Sílvia es va posar a plorar.

En Leo la va abraçar, la va envoltar amb els seus braços fins a fer-la desaparèixer en el seu cos. Van ser uns segons llargs, un minut tal vegada, o potser més, mentre ella es buidava fins a quedar neta, fins a reaccionar i adonar-se de la seva davallada, un enfonsament inesperat i desconcertant.

—Ara hi tornaràs —va dir ell—. I ho faràs per la Sahira, per tu, però ho faràs. Ha estat la primera mostra de vida que ha manifestat la Lakshmi en dos dies, que no ho entens? Ja s'estava deixant portar, probablement volia morir, sense importar-li ja res, però t'ha agafat la mà en veure't passar, a tu! Saps què significa, això? És una oportunitat, una esperança! Tu només parla-li, acarona-la... Au va, Sílvia, vés a veure-la. No et fallis a tu mateixa, ara.

* * *

De cop, ja no volia esperar la seva tornada.

De cop, volia saber què pensava l'Artur, en aquell mateix moment, fer-se a la idea del que l'esperava, de quin seria el seu futur més immediat.

De cop, era com si la vida l'empenyés.

«Estimat Artur, aquí les coses succeeixen de vegades d'una manera molt ràpida i de vegades ens resulten inexplicables. Creus que ets forta i, un dia, sense més ni més, t'enfonses. Creus que ets dèbil i, l'endemà, també, sense més ni més, treus forces d'on no n'hi ha o et trobes obligada a superar els teus límits. Per sorpresa teva, acabes descobrint que no existeixen aquests límits, que tot és a les teves mans i a la teva capacitat de doblegar l'adversitat. Rius i plores; cantes i pateixes. Precisament perquè valoro cada dia més la vida i el que hi faig, avui necessitaria la teva mà i el teu alè, la teva estimació i el teu amor. La gran pregunta és: ho tinc?

És hora de prendre decisions.

Explica'm com estàs, què penses, si encara m'estimes.

Explica'm de quin color és el nostre cel, perquè la terra no sempre és sòlida sota els nostres peus. I si perdem el cel..., què ens queda?

Trucar?

Teva, Sílvia.»

Va enviar el correu electrònic sense pensar-s'ho dues vegades i es va quedar una bona estona davant l'ordinador, tan cansada com si fes tres dies que no dormís, incapaç d'aixecar-se per caminar fins al seu bungalou a la recerca del son que tant necessitava.

Capítol setze

Anar a Mysore a buscar una càrrega de subministraments i deambular breument per la ciutat amb l'Ari i tornar immediatament abans que es fes fosc, no tenia res a veure amb allò. Ni el viatge, ni la companyia, ni les circumstàncies.

En Pankaj conduïa un cotxe impressionant, antic però impecable, un Packard dels anys cinquanta amb tots els afegits originals, fustes nobles a l'interior, cromats brunyits com si acabessin de sortir de fàbrica, llantes amb els cèrcols interiors blancs. Rodar amb aquell cotxe per aquelles carreteres havia estat tan anacrònic com provar de fer el camí en elefant. Senzillament era una pàgina arrencada del llibre de la història, el miracle d'aconseguir veure el temps aturat en un moment màgic.

Però si el viatge havia estat perfecte, Mysore, al costat d'en Mahendra, va ser capaç de mostrar-li el seu vessant més revelador. Van visitar el Palau del Maharajà; el temple de Somnathpur, del segle XII, dedicat a Vishnu; i el turó Chamundi, per veure el temple de

Chamundeshwari. Tot com simples turistes, encara que en el cas d'en Mahendra no ho era.

Moltes persones el reconeixien, com si fos realment un maharajà, un príncep de prínceps. Els primers caps que es van inclinar la van sorprendre. Després, s'hi va habituar. No importava que fossin *brahamins* o intocables, gentilhomes o plebeus, comerciants o captaires, homes o dones. La Sílvia va veure respecte, devoció, la sinceritat càlida d'un afecte que es manifestava en els seus somriures o en les seves salutacions, amb les dues mans unides o amb una de sola, agitada al vent. I en Mahendra es comportava com si fos aquell príncep de prínceps, el maharajà del passat que perdurava en la memòria col·lectiva de la gent. Corresponia a les inclinacions o somreia amb tendresa.

Tornava, breument, a la vida comuna.

—Com és possible que es recordin de tu, si fa cinc anys que no surts de Pashbar? —li va preguntar ella.

—Tens familiars morts, Sílvia?

—Sí.

—Els recordes?

—És clar, però...

—No és diferent. El meu pare va ser un gran home. I abans que ell ho va ser el meu avi. La nostra és una família de molta tradició.

També la miraven a ella.

L'estrangera.

Però no hi havia acritud, només curiositat i, potser, una mica de sorpresa.

Van arribar a un edifici modern, d'unes cinc plantes, diferent de la resta. En Pankaj va aturar el vehicle al carrer. No va fer el gest de baixar. En Mahendra va fer que ella se'l mirés.

—Les meves oficines —les va presentar amb tanta estimació com si en comptes de ser una casa fos una persona.

—A què et dediques?

—A moltes coses —va fer un gest ambigu—. Ara mira allà.

Era un banc, no gaire gran. No va entendre el nom que hi havia en el rètol. No va esperar que ell la informés.

—És teu?

—Sí.

—Ets banquer? —va al·lucinar.

—Exactament no, encara que si tinc un banc, doncs ho dec ser —li va dir amb molta senzillesa.

—Vas dir que no eres ric.

—I no ho sóc. Has sentit parlar dels microcrèdits, Sílvia?

—Sí.

—Saps com funcionen?

—Sé que els bancs no deixen diners a la gent que no té béns com a garantia i, sense aquests diners, no poden prosperar. És el peix que es mossega la cua. I sé que hi ha un tipus de banc que deixa els diners en quantitats molt petites, sense necessitat de garanties o d'avals, només amb la paraula donada per la persona que els demana. Gràcies a això l'economia dels països pobres està ressorgint.

—Els microcrèdits han estat l'aportació més gran per a la prosperitat de les persones d'això que en dieu vosaltres el Tercer Món —va assentir en Mahendra—. Els va impulsar un home que es diu Muhammad Yunus, «el banquer dels pobres», en fundar el 1976 el Grameen Bank, que traduït significa més o menys, Banc Rural o Banc de l'Aldea. Saps que el 94% de les persones que els demanen són dones? A l'Índia és més difícil, pel fet que estan sotmeses als seus marits, a les seves famílies... Però, a poc a poc, tot això va canviant. Les mares de família són les més necessitades, les que mostren una millor predisposició per al treball i l'administració dels béns. A qui demanarien cinquanta dòlars per comprar una màquina de cosir o cent per a eines per llaurar la terra o el necessari per obrir un pou i aconseguir aigua a prop en comptes d'haver de caminar molts quilòmetres per anar-la a buscar? Amb aquests diners poden treballar i alimentar-se, aconseguir estabilitat i seguretat, enviar els seus fills a l'escola, perquè saben que l'educació és, a més, la clau de la seva supervivència. I totes tornen la quantitat que se'ls ha prestat. Totes, tot i que si algú falla... Quin banc s'arruïna per perdre cinquanta dòlars? Per això es diuen microcrèdits i se n'han demanat molts milions en aquests anys, en els seixanta-cinc països en els quals s'han implantat fins ara.

—I el teu banc...?

—Els meus fills no han pogut créixer, em van ser arrabassats, però els d'altres persones sí que ho fan, tenen futur i jo hi crec —en Mahendra va mostrar molt d'orgull a dir-ho—. El meu banc està associat al Grameen Bank.

—Així que per aquesta raó et vas enfadar tant quan algú ens va voler robar.

—Ells ja han demanat un microcrèdit —va somriure—. Continuem?

* * *

La parada següent la van fer en una zona residencial de Mysore. Avingudes amples, edificis luxosos, un ambient diferent del dels barris més populosos, els mercats o les rodalies dels temples... En Pankaj va aturar l'automòbil amb el morro apuntant cap a una casa molt senyorial. Va baixar del cotxe i va obrir el barri de portes dobles. Va tornar al cotxe i el va conduir fins a l'entrada. Es tractava d'una mansió victoriana, amb columnes i guarniments de l'època. S'hi apreciava una certa sensació d'abandonament que es va fer més acusada quan, després de tancar el barri, en Pankaj va obrir la porta principal.

Allà no hi vivia ningú.

I, tanmateix, el ressò del passat no semblava enterbolir el present. No hi havia ni pols, ni teranyines, només aquell silenci tan sepulcral que va fer que les seves passes ressonessin en els marbres del terra.

—Què és aquest lloc? —finalment va preguntar la Sílvia.

—La meva casa de Mysore.

—Quantes cases més tens?

—Sols una més, a Goa.

El paradís *hippy* dels anys seixanta i també dels setanta, perllongant la seva llegenda fins al present.

Era absurd preguntar per què no vivia a la mansió

en què es trobaven o per què no passava èpoques de l'any a Goa. Allà no hi hauria estat feliç. Lluny d'aquell llac no existia res per a ell.

—Si no vius aquí, ni utilitzes aquesta casa, per què no la vens?

—Perquè és la casa dels meus pares, dels meus avis, dels meus besavis. Ells la van construir fa dos-cents anys. No podria vendre-la.

Va estar a punt de dir-li que, tard o d'hora, es perdria. Tret que ell es casés una altra vegada i tingués els fills que poguessin perpetuar el seu nom.

Va preferir callar.

Començava a sentir una vaga sospita de per què era allà.

—Per què em mostres tot això? —es va estremir.

—Volia que em coneguessis una mica més.

Es va estremir encara més. Conèixer-lo. Era com si li mostrés tot el que li podia oferir, com si li mostrés tot el parament més impressionant, el dot que rebria qui l'acceptés.

La Sílvia se'l va mirar. Va veure en ell, de nou, aquella imatge del principi, la del príncep perdut, la de l'home solitari, la del nen espantat. Per damunt dels negocis i del que estava fent de bo per la seva gent, per damunt dels estudis a Anglaterra, de la cultura i del llegat impressionant, en Mahendra continuava sent el jove casat als tretze anys, el jove enamorat d'una dona perfecta, el jove que la trobava a faltar i, més que caminar, flotava per la vida. Era el personatge central del seu propi conte de fades i no se n'adonava. En un passat remot hauria estat una divinitat, un nen-déu al qual haurien adorat els homes que poblaven les seves terres. En ple segle XXI, en canvi, cada cop més es convertia en el residu d'un temps passat.

I no era ella qui podia rescatar-lo.

—Mahendra, es fa tard i no vull viatjar de nit.

—És clar.

La visita a la mansió es va donar per acabada. Salons de ball, biblioteques, estances egrègies. No havia vist retrats de la Pushpa o dels seus fills en cap cambra. Res. La casa del llac, Pashbar, sí que havia estat la seva llar. Aquella no.

Van tornar al cotxe, en Pankaj va tancar les portes d'aquell palau i després les reixes del barri. Van iniciar el camí de tornada cap a l'RHT en silenci.

En Mahendra somreia, aliè, com si tot allò no tingués res a veure amb ell. La seva bellesa índia era com una màscara perfecta extreta d'un temple daurat.

El viatge de tornada va ser molt més silenciós que el de l'anada. Quan van arribar, ja era de nit.

* * *

No tenia cap correu electrònic. Cap resposta per part de l'Artur. Podia significar moltes coses, bones i dolentes, que estigués passant uns dies fora, desconnectat, apurant el final de l'estiu; que ho hagués llegit i que no volgués ser tan groller per tallar per carta, incapaç de continuar amb ella després de la seva sentimental sinceritat; que l'hagués llegit i estigués meditant amb temps què volia fer...

Li havia de dir que era hora de prendre decisions.

Ella havia fet el primer pas, però li tocava a ell tancar el cercle, fer el següent. No quedaven més jocs per celebrar.

Potser acabaria com en Leo. Lliurada a una causa en la qual creia, però sola, pensant sempre si havia fet bé, si valia la pena.

Estranya circumstància, la solitud.

Li va venir al cap una frase d'aquelles que llegia, que se li quedaven gravades a foc en la ment i llavors ni es recordava d'on l'havia tret. Deia: «No estem fets del que som, sinó d'allò que ens falta per completar-nos, d'allò a què aspirem».

Si no estava feta del que era, si li mancava alguna cosa per sentir-se completa, es referia a l'amor?

Es preguntava què faria si arribava el dia de la partida imminent i encara no havia rebut notícies de l'Artur. Es va imaginar el viatge de tornada a casa amb el gran interrogant penjant de la seva ànima. Li quedava l'opció de trucar-lo per telèfon, com a última instància.

Però això potser seria doblegar-se.

I si de tota manera havia arribat el moment de renunciar a una de les seves dues meitats?

* * *

La Lakshmi tenia l'ull embenat i protegit, però la febre encara era molt alta. Li quedaven un mínim de quaranta-vuit hores d'esperances. Després ja no hi hauria manera de fer-se enrere i, si no recuperava les forces, l'afany de viure, moriria de forma anònima i fosca.

Una més.

Quan la Sílvia es va asseure al seu costat, el rostre de la nena es va il·luminar igual que si hagués rebut una descàrrega d'energia. El primer que va fer va ser buscar-li la mà per agafar-se a ella i no deixar-la anar.

—Sílvia —va pronunciar el seu nom, convertint la essa en una mena de serp que fluïa dels seus llavis i la a final en un cant obert i joiós.

—Hola, Lakshmi —li va acariciar la galta amb l'altra mà.

—Ho-la —va repetir ella.

Era estrany, alguna cosa molt indefinible l'havia unit a la Sahira, com si existís un nexe comú, com si es veiés a si mateixa, d'alguna manera i per estrany que semblés, reflectida en un mirall. No tenien res en comú, ni físic, ni anímic, però hauria estat capaç d'endur-se-la a Barcelona, seguint aquest impuls.

Aquest impuls era el mateix amb el qual la Lakshmi l'havia «adoptat» a ella.

No parlava amb ningú més, no somreia a cap altra persona, ni metge ni infermera. El seu rostre tan sols s'il·luminava, escampant aquell somriure rendit, quan apareixia la Sílvia.

—De segur que li recordes alguna estrella de cinema —va suggerir en Leo després d'obligar-la a tornar el primer dia, després de la seva escapada—. O potser li sembles una deessa. Dubto que hagi vist alguna cosa més bonica en la seva vida.

La Sílvia s'havia posat vermella, per primera vegada, per les paraules del seu company.

—Com et trobes avui? —li va dir fluixet a la nena.

—Sílvia, ho-la —va repetir amb la veu tan dèbil com ho estava el seu cos lleuger, sacsejat per la febre.

—Et posaràs bona, oi que sí? No li faràs això a la teva amiga, d'acord?

Va intentar que la menuda no veiés l'emoció que l'aclaparava, les ganes de tornar a plorar. Posar-se bé, per a què? La Lakshmi no tenia ningú, estava sola. Si li curaven el problema ocular tornaria a l'esclavitud del taller d'estores o potser a la prostitució, per un simple instint de supervivència. Seria una deixalla humana prematura. I, en aquest cas..., no era millor morir ja?

Va sentir una ràbia extrema davant d'aquest pensament.

Un «no!» interior que la va sacsejar de dalt a baix.

La Lakshmi va deixar d'estrènyer-li la mà amb les seves mans. La va alçar i la va mirar. Ja no era la mateixa mà del començament, suau i cuidada, però encara era molt diferent de les de les dones que treballaven la terra o envellien en pocs anys. Amb el seu minúscul dit, va resseguir el perfil de les ungles, ara tallades arran. Després la va olorar. Va dir alguna cosa, una paraula incomprensible. Li va acariciar el dors fins al canell, primer, i el braç després. Per últim va fer el mateix que li estava fent ella, acariciar-li la galta.

Una altra paraula, un somriure.

La Sílvia li va mullar els llavis amb una esponja humida.

Qui podia esclavitzar una nena així? Qui podia abusar de la seva innocència?

I, tanmateix, eren milions els nens explotats i convertits en morts prematurs, sense cap futur, arreu del món.

Va haver de girar la cara.

Fins que es va sobreposar amb un esforç de voluntat titànic, dominant les llàgrimes i el dolor, i va començar a cantar-li una cançó, tan simple com *Paraules d'amor*.

* * *

Havien sopat tots junts com si fos una festa, per celebrar el comiat dels dos cooperants alemanys i una noia suïssa que només feia tres setmanes que era amb ells. El flux constant de l'estiu ja s'acabava, sobretot perquè a la majoria de països europeus les vacances estivals eren més curtes. La Sílvia seria la penúltima a anar-se'n. En Leo disposava gairebé de dues setmanes més. Però la tasca humanitària no s'acabava amb allò. Simplement canviava.

Als malalts tant els eren els cicles de les estacions sota els quals regien les seves vides occidentals, fora de la seva supervivència segons si a l'Índia era l'època dels monsons o no.

Durant el sopar, la Sílvia va seguir en més d'una ocasió els ulls d'en Llorenç Giner, dirigits sempre a l'Elisabet Roca.

Mentre ella explicava anècdotes, cridava, menjava, reia i mostrava la seva felicitat, ell amb prou feines obria la boca.

Quan va acabar el sopar, després de l'últim brindis, va veure que s'allunyava cap a la carretera i un cop allà, repenjat a la tanca i sota els estels, es va fumar ni més ni menys que un cigar. Va ser el moment que va triar ella per acostar-s'hi.

—Penso que no li agradarà que fumi aquestes coses.

—Ah, hola, Sílvia —es va sobresaltar, arrencat dels seus pensaments—. A qui et refereixes?

—A l'Elisabet, és clar.

—L'Elisabet?

Vacil·là un instant, però va recordar la valentia d'aquella altra vegada, d'allò ja feia unes quantes setmanes, quan li va parlar dels seus sentiments amb relació a la doctora i el va agafar desprevingut. Ara semblava que feia molts mesos, d'allò.

—Haurà de deixar de fumar.

—Per què?

—Qui una cosa vol, alguna cosa li costa, o això diuen.

—Ves per on! —va moure el cap amb pesar, en comprendre de què anava la cosa—. Ja veig que no te'n vols anar sense remoure una mica més les nostres consciències, la senyora tafanera setciències.

—Ja me'n vaig —va fer el gest de fer mitja volta.

—No, espera —la va aturar.

Es va quedar quieta, al seu costat, recolzada també a la tanca mentre l'observava de fit a fit. En Llorenç Giner va fer una pipada imponent al cigar i després va expulsar el fum a poc a poc, permetent que li fluís pels llavis entreoberts. En acabar el ritual, es va enfrontar als seus ulls inquisidors.

—Has parlat molt amb l'Elisabet, oi?

—Una mica —va admetre.

—Sobre mi?

—Sí.

—I?

—No m'ha dit res, però crec que no li toca a ella, sinó a vostè.

—Ja li ho...

—Sí, ja ho sé —el va interrompre—. Però això va ser fa molt de temps. S'hi haurà de llançar de nou.

—Així de fàcil?

—Molt més senzill que operar aquí, es pot dir que a cor obert, i això vostè ho fa amb els ulls tancats.

—Joveneta... —el metge no es va tallar ni un pèl—, si tingués trenta anys menys, a qui em declararia seria a tu.

—Amb vint anys menys jo li diria que sí.

—Llàstima, doncs... —va rondinar fent veure que se sentia ferit.

—Escolti, doctor Giner —la Sílvia es va posar seriosa—. Per si no tinc temps de dir-li-ho abans que me'n vagi, perquè sempre té molta feina o anem molt atrafegats..., vull que sàpiga que aquestes setmanes han estat fonamentals per a mi i que el que vostè i la doctora Roca estan fent... Bé... em sento molt honrada d'haver-los ajudat —es va emocionar, però va acabar de deixar-ho anar—, i també vull que sàpiguen que han estat com uns pares, d'acord?

L'home va llençar les restes del cigar a un costat.

—Vine aquí —li va dir.

La Sílvia no va refusar la seva abraçada. Es va refugiar en el cossàs del metge i tots dos es van estrènyer amb molta força, mútuament. Per una vegada, a ella no li va molestar la pudor que solien fer els fumadors, i més els de cigars.

—Ara, i encara que em dolgui, perquè potser mai no podré tornar a abraçar ningú tan meravellós com tu, serà millor que t'apartis, perquè si em veu l'Elisabet sí que ho tindré cru, no creus? —va acabar el seu afecte amb sornegueria fent-li un petó al front.

Capítol disset

S'acostava el dia de la partida i allò sí que era una realitat. En va ser conscient mentre li ho deia a en Llorenç Giner.

Es va mirar al mirall i va provar de recordar la Sílvia Prats Olivella que havia arribat a l'hospital feia algunes setmanes. Era la mateixa, però en ella havia canviat alguna cosa més que l'aspecte físic. I potser els canvis més evidents eren precisament els que no es veien, els anímics, els emotius, els que feien referència a la ment i al cor, els sentiments i les sensacions. Per fora sí, estava més prima, moltíssim, massa, fregant el seny. Tenia els pòmuls molt marcats, el mateix que els arcs situats damunt i sota els ulls, que alhora també estaven una mica més enfonsats a les conques, el mentó més esmolat, les mandíbules més sortides, els cabells hirsuts. N'hi havia prou de veure-li les mans aspres, amb algunes cicatrius, o la reducció del pit i el pronunciament dels ossos de la pelvis, els peus amb alguna durícia...

Per primera vegada no estava per guanyar cap concurs de bellesa.

L'Artur s'emportaria una bona sorpresa.

Es va posar el pijama, com cada nit, en silenci, i també, com cada nit, va treure el cap per la finestra per veure el llum del mausoleu de la Pushpa, l'altar creat en aquella habitació que ara coneixia.

—Si una dona es mereix que se la recordi tant, és per alguna cosa —va expressar el que sentia en veu alta.

Va comprendre que volia tornar, amb l'Artur, a casa, als estudis, perquè ja era hora de fer-ho i tot tenia un temps en la vida. Però en la mateixa mesura va sentir l'urpada de la nostàlgia travessant-la des d'aquell mateix instant, quan encara li quedaven alguns dies d'estada a l'RHT. Per això no li va quedar ni un dubte que l'estiu vinent tornaria.

Hi hauria una altra guerra a casa, però tornaria.

I pel que fa a l'Artur...

Va provar d'imaginar-se a si mateixa un any després i no va poder. Mai no havia jugat a veure el futur. No servia de res. Va intentar visualitzar també el doctor Giner i la doctora Roca, en Leo, en Mahendra...

Va fracassar.

Les úniques coses que segurament continuarien igual serien l'hospital, el llac, Pashbar, l'Índia mateixa.

Però ells...

I si, al cap i a la fi, també continuaven igual?

No, igual impossible. En Mahendra havia canviat en el transcurs de l'estiu i se sabia responsable d'allò; en Leo s'enfrontava a la no-renovació de la seva beca i a la seva incertesa; la Narayan tindria un fill, i la Viji potser hauria acceptat de casar-se amb qui fos per no sentir-se marginada.

Hi hauria més Sahiras i més Lakshmis.

El destí.

Va sentir aquella peculiar impotència quan es va ficar al llit. La frustració de qui veu que tot se li escapa de les mans sense poder-ho evitar.

No era res més que una somniadora de dinou anys.

Què podia fer ella?

Què?

* * *

La calor colpejava el terra com si fos una enclusa. Podia escoltar les seves baldades, el seu ritme persistent i infernal. O era el del seu cor, intentant enviar la sang calenta per tot el seu cos a través de les ardents autopistes que formaven les seves venes i artèries?

La Sílvia es va aturar un moment.

Va sentir el mareig, incipient, i el cos lleuger com una ploma. Es va posar una mà al front i es va eixugar la suor que l'omplia, clapejant-la de milions de gotetes que s'unien entre si, fins a formar aquells rius que descendien per les seves galtes. Tot el matí havia estat bevent aigua i encara tenia més set. Com si s'estigués deshidratant a poc a poc.

—Ara torno —va dir a la seva companya.

Va anar cap a les cuines. Necessitava alguna cosa que li calmés la set, no tan sols aigua freda. Estava segura de no tenir febre, però, tot i això, notava que li cremava el cos. El que menys volia era flaquejar a última hora. No s'ho perdonaria.

Va lluitar contra el mareig en el seu segon accés.

Es va haver de recolzar en el marc de la porta. El

que sentia no era una arcada, era alguna cosa més. Una ment poderosa l'estava hipnotitzant per dins, li feia perdre el control, li provocava una nàusea darrere la qual era com si el món perdés la seva estabilitat.

Sí, exacte, el món... ja no era pla.

Es movia.

Ni tan sols va ser conscient que es desplomava. Va perdre el coneixement i es va desmaiar molt abans de caure al terra. Per sort no es va donar cap cop al cap contra res que li pogués causar més mal. La seva companya índia es va adonar de l'incident i el seu crit els va alertar a tots, en peu de guerra. La primera a arribar al seu costat va ser l'Elisabet Roca, però qui la va agafar a coll va ser en Leo. La va portar cap al bungalou i allà la van refrescar i la van fer reaccionar. Quan va entreobrir els ulls, les retines van aconseguir concretar amb prou feines la doctora i el seu company cooperant.

—Només ha estat la calor, tranquil·la —la va alleujar ella.

—M'he desmaiat?

—Com si estiguessis embarassada, reina.

La Sílvia es va posar vermella i en Leo va deixar anar una riallada.

—Per escoltar bajanades i que us rieu de mi, serà millor que em torni a desmaiar —va sospirar.

I va tancar els ulls.

* * *

En Leo li va portar el sopar, en una safata petita.

—Hola, dormilega —va treure el cap per la porta després de trucar molt suaument.

—No dormia.

—Quins romanços que tens, tu. I molt de morro —va tancar amb el cul i va deixar la safata a la cadira, al costat del llit. Amb la mosquitera abaixada, la Sílvia tenia tota l'aparença d'una princesa embalsamada—. Espera, que et trauré aquest sudari.

La Sílvia es va incorporar amb dificultat.

—T'ajudo.

—No, ja puc tota sola.

—Havia pensat a donar-te la sopa.

—Au, va.

—Va, dona, deixa'm —va fingir implorar-li.

—Abans no eres tan pallasso.

—I em preferies més dur?

—No, que eres molt bord.

—Doncs si ni de bord ni d'amorós tendre...

—Va, seu aquí i explica'm què ha passat avui.

Li va posar la safata a la falda. Per sorpresa seva, va descobrir que tenia gana. Però primer de tot va beure la solució que li havia preparat l'Elisabet Roca.

—Què vols que hagi passat? Res. Ah, bé, sí —va fingir que feia memòria—: s'ha desmaiat una de les cooperants, una noia maquíssima però una mica esquelètica. Segons es veu, treballava molt i s'oblidava de menjar, encara que jo crec que era una d'aquestes que ha vingut aquí per perdre pes, ja saps.

Li va fer un llengot.

Després va començar a sopar amb gana, davant l'atenta mirada d'en Leo.

—Que et penses quedar aquí palplantat com un estaquirot? —li va deixar anar sense deixar de mastegar, oblidant les bones maneres.

—Ets la cosa més maca que hi ha ara mateix per aquí.

—Leo, si us plau! —es va sentir derrotada ella.

No sabia si la molestava més el canvi del seu company, i més després del desmai, o si era pel que considerava una mentida pietosa.

Sabia que devia semblar un espantall.

—D'acord, ara seriosament —el to d'en Leo es va fer natural—. Ens has espantat.

—No sé què m'ha passat.

—Jo sí: t'has abocat en això, en cos i ànima, i t'has oblidat de la primera norma de la supervivència: que comença amb un mateix. Si no et cuides, ja em diràs quin favor els faràs als altres que pretens ajudar. Quant peses?

—Ni idea.

—Bé, a mi m'agraden seques.

—I a mi els que saben callar a temps.

Va arronsar les espatlles com si ho considerés una guerra perduda. D'una manera aparentment maquinal, li va apartar un floc de cabells que la molestava, perquè amb una mà ella aguantava el plat i amb l'altra la cullera. Però, més enllà del gest, l'acte desbordava estimació i atenció. La Sílvia es va sentir inundada de tendresa.

Eren els gestos que ella sempre agraïa, els petits detalls, la subtilesa de la dolçor.

Sempre s'havia desfet davant d'ells.

—Com està la Lakshmi? —va preguntar de cop, igual que si s'agafés a una taula de salvació.

—Resisteix.

—Han passat quaranta-vuit hores.

—Potser en necessiti unes vint-i-quatre més.

—Però la infecció ja...

—Sílvia —la va aturar.

Vint-i-quatre hores més. Va continuar sopant, amb en Leo al seu costat, assegut al llit, observant-la en silenci, sense atrevir-se a dir res més.

No calia.

* * *

La Lakshmi mantenia el suspens. La febre no minvava però tampoc pujava. El seu cos responia bé a la medicació, però no donava cap mostra d'iniciar el retrocés que la tornés a la vida. Un misteri, o potser que tot allà era diferent, fins i tot la lluita entre la vida i la mort. Tots dos extrems s'agafaven el seu temps. Havia passat gairebé mitja hora amb ella al matí i més d'una hora a la tarda. Parlaven totes dues, sense entendre's, però tant hi feia. El que els importava era escoltar el so de les seves veus, dèbil la de la menuda, plena d'harmonia i d'energia la de la Sílvia. Li cantava, l'acariciava, i tota l'estona la Lakshmi no deixava d'agafar-li la mà, el seu punt de contacte amb la realitat, amb l'espai, el temps i la supervivència.

Sabia que la veia com la mare que no recordava haver tingut mai o la germana gran que hauria necessitat tant. I també com la deessa blanca capaç de fer el miracle final.

Això era el que més li pesava a la Sílvia.

Si la Lakshmi es moria, com s'havia mort la Sahira, el seu últim segon, sola, perduda i vençuda, potser seria el més trist de l'univers, preguntant-se: per què?

El pitjor dolor.

La Sílvia va tancar els ulls i va compassar la respiració. Aquella era una màxima essencial en alguns treballs i més en la medicina: no emportar-se els malalts a casa. No arreglaria res torturant-se. Que aparqués l'angoixa unes hores no significava que l'oblidés. La nit tenia tot l'aire de ser especial. Fascinant. Una nit de conte de fades a la recta final de la seva estada allà.

—Pankaj, digues-me la veritat, semblo...?

L'home que cuidava en Mahendra li va dirigir el primer somriure de la seva relació. I va ser molt tendre.

—Està preciosa, senyoreta.

S'havia posat el sari que havia comprat a Mysore.

Els dubtes van ser molts, no n'estava segura, de si feia bé o malament, però després d'emprovar-se'l... Li va ser impossible treure-se'l. Necessitava tornar a sentir-se ella mateixa, superar el dia al llit, el desmai, la certesa del seu esgotament. Necessitava, per primera vegada en la seva vida, recuperar la seva autoestima com a dona. I aquell sari era perfecte. Sota seu se sentia lliure, autènticament índia.

La invitació d'en Mahendra també era especial: «Aquesta nit, gran sopar a Pashbar. Es prega etiqueta.»

Per què no?

Per què escapar, donar l'esquena a la penúltima fantasia oriental del seu viatge a l'Índia, privar-se de tota la màgia de què fos capaç?

Va aconseguir el seu objectiu: que ningú no la veiés, és a dir, ni l'Elisabet Roca ni en Leo. No hauria sabut on ficar-se, morta de vergonya. Va pujar al Packard amb el qual van viatjar fins a la ciutat i es va deixar conduir fins al vell palau, amb prou feines un trajecte de tres minuts en el cotxe guiat amb parsimònia per en Pankaj. Quan en va baixar, no va trobar en Mahendra esperant-la al peu de les escales. Les portes de Pashbar eren obertes i el terra cobert d'espelmetes indicant un camí. L'aroma de l'encens era molt intens, dolç.

El camí de foc la va conduir al gran saló.

Fins a la taula exquisidament engalanada.

I fins a un Mahendra senyorial, egregi, sublim, amb tota la seva parafernàlia oriental i encara més radiant que el dia del judici als lladres, que va aparèixer en silenci procedent de la terrassa i va acudir al seu costat amb un somriure als llavis.

* * *

La Sílvia es va deixar admirar.

—Estàs sublim.

—M'ho dius de debò?

En va tenir prou de veure-li l'expressió de la cara. En Mahendra li va agafar la mà i l'hi va besar, a l'antiga. El salt enrere cap al passat va ser immediat. Es va sentir transportada.

Només llavors, i per un moment fugaç que va provar de treure's de la ment, es va adonar que, amb aquella roba, la semblança amb la Pushpa potser era més que casual.

Tot i que en Mahendra semblava que no ho havia advertit.

Els seus ulls eren un cant de vida.

—No sabia que tinguessis un sari.

—No sabia que me'l posaria.

—Vine.

—Què celebrem?

En Mahendra es va aturar.

—Que te'n vas aviat, la teva tornada futura, que jo torno al món, aquesta nit tan maca... Hi ha tantes coses per les quals celebrar alguna cosa que totes serveixen, no et sembla? El que importa és tenir un motiu.

—Estàs desconegut.

—Ho dius per la roba?

—Ho dic per tu.

—Sílvia de Barcelona: gràcies.

No li va preguntar per què, ni es va fer la sorpresa. Tampoc no era el moment d'allargar aquell pròleg celestial. Conduïda de la mà pel seu amfitrió, van sortir a la terrassa. Darrere seu va aparèixer en Pankaj, sol·lícit. Es va encarregar de posar música índia, una embolcallant raga interpretada pel sitar, la taula, la *tamboura,* el *sarod,* el *mridagam,* la *khangira* i la resta dels màgics instruments de la música del país. Després, ell mateix va omplir la taula de menjar que segurament també havia preparat. Eren dos i n'hi havia prou per a una dotzena. Va tenir consciència exacta del que per a molts podia ser el luxe oriental, encara que gairebé sempre, dins d'aquesta denominació, s'imaginava l'Orient vertader, la Xina, el Japó...

—Mahendra, això és massa.

—No per a tu.

—Va, no siguis ximple.

—Ho sóc?

—Ja saps que no m'agraden aquestes coses, els afalacs em fan sentir incòmoda.

—Això és l'Índia.

—Si tornes a dir això un cop més, et mato.

—Però...

—Mahendra!

Va fer un bot i va alçar les celles. Un altre rècord: la Sílvia va apostar que era la primera persona, home o dona, que li alçava la veu i a casa seva mateix.

—Au va, ensenya'm a ballar la vostra música —li va demanar canviant d'expressió i de to—. A les pel·lícules sempre balleu d'una manera... Com es fa? Va, una mica abans de sopar.

* * *

Si estava prima, si havia perdut pes, després d'aquell sopar estava segura d'haver recuperat almenys un parell de quilos. No podia més. Tots els plats eren exquisits, dignes de la millor i més alta cuina. En Pankaj havia tingut la delicadesa de no fer-los picants i si algun excedia el mínim aconsellable per a un estómac occidental, li ho va advertir abans perquè estigués avisada. Els va tastar tots, fins i tot el devessall de postres. D'una banda, lamentava que estiguessin sols, que en Mahendra no hagués convidat ningú més. De l'altra, apreciava la deferència, el plaer egocèntric que li produïa saber-se l'objecte de tota aquella atenció.

Mai no n'havia tastat, però de cop se sentia igual que si s'hagués col·locat amb un porro. Estava excitada.

La ment li corria més que el cos. O era al revés?

—Gràcies per una nit perfecta —va mirar el llac i li van venir ganes d'arrencar a córrer cap allà i tirar-se de cap a l'aigua.

Per què continuava allà sota el cadàver de la Pushpa? Per què el llac se l'havia quedat per a ell, gelosament? També era perquè aquelles coses passaven allà i no en cap altra banda?

—Gràcies a tu per un estiu perfecte.

—Crec que he begut massa.

—Et pots quedar a dormir aquí, si ho vols. En Pankaj et prepararia una habitació.

—Saps que no puc.

Tampoc no hauria pogut agafar el son.

—Llavors no et preocupis. Et tornarà al teu bungalou.

—Si la meva mare el conegués, te'l robaria.

—Potser, si jo conegués la teva mare, la robaria a ella.

—Déu meu... —es va posar a riure—. El meu pare hauria de dir alguna cosa sobre això, no creus?

—Què esperes de la vida, ara, Sílvia?

—Doncs..., a curt termini el més natural: continuaré estudiant, lluitant contra mig món, aferrada a les meves conviccions...

—Tornaràs?

—Així ho desitjo —va abaixar els ulls—. Crec que sí.

—Com a metgessa?

—I com a persona. Això t'obre els sentits.

—T'esperaré.

Va sentir un primer rampell de por.

—No, no ho facis. No esperis mai ningú, i menys tant de temps. Un any, mare de Déu!

—Fa cinc anys que espero —en Mahendra va dirigir els seus ulls al llac.

La Sílvia no va saber què dir.

—Què ha significat per a tu aquest estiu? —va tornar a preguntar-li ell.

Cap opció a la nostàlgia. No aquella nit.

—Un punt d'inflexió, això sí que ho tinc clar —va dir ella—. Hi haurà un abans i un després en la meva vida. Per primera vegada he estat sola, m'he espavilat sola i he fet el que realment desitjava; m'he sentit útil, valuosa.

—Són moltes coses per a un sol estiu.

—No, t'equivoques: és una sola cosa.

Sabia que quan fos a Barcelona i, encara més, quan estigués en ple hivern, trobaria a faltar tot allò. Els seus amics i les seves amigues no tenien res a veure amb en Mahendra o amb en Leo. Ni tan sols amb l'Elisabet Roca. Es va imaginar que el sari la feia sentir diferent, com una autèntica índia. Era capaç de notar la seva integració plena.

S'estava fent tard i no volia mirar el rellotge.

—Et puc demanar una cosa? —va preguntar l'amo de Pashbar.

—És clar.

—Et puc besar?

L'esgarrifança la va travessar de dalt a baix. Va ser una descàrrega tancada, tensa, que no tan sols la va posar en guàrdia, sinó que tota la pau de la seva ment es va convertir en guerra. El sopar se li va regirar a l'estómac.

Havia comès un error en posar-se el sari. De cop ho veia clar.

Encara que ell només li demanés un petó.

—No, Mahendra, no..., si us plau.

—Un petó, un record teu.

—Saps que és més que això —va pensar en l'Artur—. Seria...

—Una clau? —va somriure ell amb aquella candidesa especial.

—No ho sé, però no puc deixar que ho facis. No seria just.

—Per a qui?

Continuava pensant en l'Artur.

—Per a tu..., per a mi...

—Sílvia, has parlat que la teva vida té un sentit, ara. Podries ajudar-me a donar un sentit a la meva vida.

—El sentit de la teva vida és enterrar el passat, sortir d'aquí.

—És el que provo de fer.

—Però ho has de fer sol, enfrontar-te primer tu a tot.

La nit havia perdut la seva màgia. Se sentia culpable, com si li hagués fallat. En Mahendra, no obstant això, somreia, amb enteresa, amb valor. La mirava amb els seus ulls cristal·lins i es va sentir despullada davant d'ells.

El somni havia arribat a l'última frontera, la més perillosa.

—Me n'hauria d'anar —va murmurar.

Sota la nit immòbil, sobtadament quieta, en Mahendra va posar una mà sobre la seva. Només això. La va estrènyer un altre cop, de manera afectuosa, i després la va retirar per allunyar-se del seu costat i anar a buscar en Pankaj.

* * *

El cotxe es va aturar a la carretera. La Sílvia no va voler que entrés al recinte de l'hospital perquè el soroll del motor no despertés els qui ja dormien. En Pankaj va estar a punt de baixar per obrir-li la porta, però ella li ho va impedir baixant abans. Li va desitjar bona nit i el criat d'en Mahendra va inclinar el cap i això va ser tot. O gairebé tot.

—Gràcies per tornar-li el somriure —va dir l'home.

La Sílvia se'l va quedar mirant uns segons. No era un criat, era molt més, una mena d'àngel de la guarda, de pare secret. No es va sentir violenta per aquella sinceritat. Va somriure i en ella va renéixer una mica de la pau que acabava de perdre.

—Tingui cura d'ell —va sospirar amb afecte.

Va continuar quieta mentre l'elegant Packard s'allunyava de tornada a la casa i no va reaccionar fins que els llums del darrere van desaparèixer en la foscor.

La nit era molt bonica, com sempre, i l'aire era ple de flaires i promeses.

No tenia son. L'intent d'en Mahendra i la seva negativa formaven una bola al seu cap. Li pesava. I també hi havia les veus. Les unes li cridaven que no era res més que un petó, una deferència i un regal, unes altres li deien que no, que era un pas massa important i decisiu, sobretot per a ell. Les veus no es posaven d'acord.

Va caminar sense pressa per l'esplanada interior de l'RHT en direcció als bungalous però, quan hi va arribar, no es va dirigir al seu; al contrari, es va desviar de manera intencionada, vorejant-los, per caminar fins al llac. Des de la vora, l'aigua era un mirall en el qual es reflectien dues llums, la de la lluna i la de l'habitació de la Pushpa al palau. L'únic so procedia de les granotes.

No va arribar a la seva destinació.

Es va aturar, de sobte, en veure dos cossos abraçats. Besant-se.

Hi havia prou llum, perquè la lluna era gairebé plena, així que va poder reconèixer sense dificultat els protagonistes d'aquella escena insòlita. Els trets eren inconfusibles, la roba, els cabells, l'envergadura de l'home, les formes de la dona...

L'Elisabet Roca i en Llorenç Giner.

La Sílvia es va quedar sense paraules, amb el cor bategant-li a mil per hora.

El petó era llarg, dolç, ple de totes les promeses d'un futur. Va retrocedir a poc a poc, sense fer soroll, apartant-se dels dos protagonistes, i, llavors sí, va tornar al seu bungalou per anar-se'n al llit amb el cap ple de somnis.

Capítol divuit

Aquell matí la Viji no es va presentar. En conseqüència, es va llevar una mica més tard del que era normal, amb el sobresalt de quan et despertes bruscament, i va haver de precipitar-se cap a la dutxa corrents i després vestir-se amb la mateixa pressa. Quan va veure per primera vegada la doctora Roca, va reviure de cop la màgica escena de la nit passada, però no tan sols no va dir res, sinó que va provar que les seves emocions no la traïssin. L'Elisabet Roca semblava normal, però no va trigar gaire a veure que no era així.

La primera vegada que els seus ulls es van perdre en la llunyania, encisada, i es va quedar encantada, amb el cap en una altra banda, ho va advertir. En repetir-se la imatge, no gaire després, va saber que tot era cert, que en Llorenç Giner havia fet el pas i que ella l'havia acceptat.

Com era l'amor en la maduresa?

Per què havia de ser diferent?

En tenia prou de veure-la, de sentir la seva emoció, de fixar-se en els detalls. Tot era igual i alhora diferent.

El seu rostre emetia una nova llum. El seu somriure era plàcid. Surava.

Estarien junts la resta de la seva vida.

El matí no va resultar complicat, però va trigar dues hores a tenir un minut lliure per anar a veure la Lakshmi. Ho va fer novament a corre-cuita, sentint-se més forta que mai. Si més no, una de les peces d'aquell trencaclosques estival acabava d'encaixar i començava a tenir la sensació que les altres podien fer-ho igualment si s'aturava a pensar-ho. Tret d'allò d'en Mahendra, se sentia optimista.

En Llorenç i l'Elisabet li havien retornat l'esperança.

Els pacients de la secció la van veure entrar movent l'aire al seu pas. Algun, després de mirar-la a ella, va mirar cap al llit buit de la Lakshmi...

Una altra Sahira, una altra mort espantosa i inútil, una altra fita perduda en la memòria de l'Índia, com una mare gegantina capaç de devorar els seus fills.

Se li van doblegar els genolls i va témer que es tornaria a desmaiar.

Fins que, darrere seu, va escoltar la veu d'una de les infermeres locals.

—La teva amiga és fora de perill i es recuperarà. En Leo l'està reconeixent ara. Enhorabona.

Enhorabona.

La Sílvia es va agafar la cara amb totes dues mans i, aconseguint vèncer el pànic que l'havia dominat, va esclatar a plorar com una nena espantada.

* * *

L'Elisabet Roca la va veure entrar amb quelcom més que determinació. Era com si l'empenyessin tots els vents i la dominessin totes les forces de la seva poderosa joventut.

—Tens un minut?

—Dos, què passa? —es va fixar que tenia els ulls humits.

—La Lakshmi Madurian —va anunciar la Sílvia—. S'ha recuperat i viurà.

—Me n'alegro gairebé tant per tu com per ella —la doctora es va deixar caure cap enrere en la seva cadira, emetent un lleuger sospir d'alleujament—. T'ho havies pres gairebé com una cosa personal.

—M'ho continuo prenent com una cosa personal.

—Em poso a tremolar?

—Què farem ara amb ella, deixar-la de nou al carrer quan es pugui valer per ella mateixa?

—No, és clar.

—No té ningú... —va deixar de parlar amb la seva vehemència en pensar en el que acabava de dir la dona—. Ah, no?

—Si es recupera, pensava parlar amb la Fundació perquè l'acullin.

La Sílvia va sospirar, també. L'aire, encara que eternament càlid, la va alleujar i li va aclarir el cap, els pulmons, la tensió que sentia al coll, l'esquena i les articulacions. Va ser un bàlsam.

—Gràcies.

—No me les donis a mi.

—Jo... —les seves últimes llàgrimes es notaven amb extrema intensitat—. Pensava dir-te que volia adoptar-la.

—No te la pots emportar.

—Adoptar-la aquí, ja saps.

—És clar, perdona. És que, coneixent-te com et conec, ja pensava...

—Pagaré la seva educació i tot el que faci falta. No vull que sigui una adopció com les altres, amb la carteta anual, la foto i als tretze o catorze anys adéu i si vols n'adoptes una altra. Jo vull que aquesta nena sàpiga que em té.

—D'acord, parlaré amb ells.

—I perdona que...

—Et pensaves que la deixaríem una altra vegada sola al carrer i que per això l'havíem curat?

—Ja no sé què pensar. Hi ha moments que...

—Hi ha moments que vols salvar el món sencer i no pots, ja ho sé. I d'altres et comportes com una persona adulta i comprens que les coses s'han de fer pas a pas encara que sempre ens sembli poc.

—Quan vas canviar tu?

—I qui t'ha dit que jo hagi canviat?

Es van amarar dels seus somriures. El relaxament les va abastar a totes dues. L'Elisabet Roca va fer quelcom més: es va aixecar, li va obrir els braços i la hi va acollir. La Sílvia ho va agrair més enllà del que pogués expressar amb paraules. Va tancar els ulls i les restes del seu plor li van lliscar per les galtes cap a la barbeta, mullant la roba de la dona. De sobte va recordar que la nit abans l'havia vist abraçada al company de la seva maduresa i vellesa.

Va estar temptada d'explicar-li allò d'en Mahendra, però va comprendre que aquell era el seu problema.

Ningú no el coneixia millor que ella, després de tantes hores de conversa a Pashbar.

—De vegades la vida és, fins i tot, justa —es va separar de la doctora.

—Depèn de si va amb tu o si et cau al damunt —va argumentar ella amb saviesa.

La Sílvia va arribar a la porta. Li ho va dir llavors, sense poder-se callar.

—Aquest matí et noto diferent. Com... més feliç.

Li va fer l'ullet i se'n va anar deixant-la tota sola i perplexa.

* * *

Havia passat part del matí mirant la casa d'en Mahendra, plena de pensaments esquius, idees creuades, esgarrifances de tensió i moments d'angoixa.

Se sentia covarda.

Quan ell li va demanar aquell petó va tenir por. Molta por. Una cosa absurda, perquè ja no eren nens, encara que ell romangués ancorat en el seu passat. No importava gens que ho fes d'una manera tan educada, en comptes d'agafar-la i llançar-se. A Barcelona, si un amic íntim li hagués demanat un petó, l'hi hauria fet. Fins i tot fort, res de tocar-se els llavis. Això no tenia res a veure amb el fet d'estar enamorada i tenir una parella. Un petó és la mostra més maca de tendresa. En Mahendra, més que demanar-li-ho, li ho havia suplicat. Moltes persones col·leccionaven coses i d'altres guardaven records. El petó potser era el més important per a ell en aquells moments.

El necessitava.

Encara que sempre existia el perill que en ple impuls perdés el cap, la desitgés, la busqués...

—Va ser el sopar, el vi, el sari —es va repetir un parell de vegades.

Sentia pena per en Mahendra, i allò no era bo. Quan una persona sent llàstima per una altra es perd la perspectiva, l'amistat es converteix en una servitud i la servitud és fràgil. L'amistat significa compartir, no supeditar. L'admiració pel que envoltava la seva presència i el seu llegat ancestral havien donat pas a una altra mena de relació, gairebé fraternal.

I, no obstant això, era un home que irradiava fascinació.

—Qualsevol persona, home o dona, hauria d'agrair que algú s'enamori d'ella, sobretot en aquests temps en què es parla molt d'amor, tothom utilitza la paraula, però pocs el practiquen.

Estava parlant sola, senyal que o bé s'estava tornant boja o bé estava preocupada.

Va comprendre que si en Mahendra havia trencat cinc anys de tancament per ella, des de la seva perspectiva, era un honor.

I havia sortit corrents.

* * *

La Lakshmi era la nena més feliç del món.

Es recuperava, sabia que viuria i ja li havien dit que tindria una oportunitat d'estudiar, de créixer lliure, de sentir-se útil en una societat que es disposava a donar-li un cop de mà. També sabia que, a banda dels metges que l'havien curat, la Sílvia era la seva fada.

Seria la seva mare en la distància, encara que per ella allò de les distàncies encara fos massa.

—Nosaltres som aquí, veus? —la Sílvia va posar el seu dit en el mapa—, però jo visc aquí i està molt, molt lluny. S'ha de venir volant pel cel.

La infermera que li feia d'intèrpret era una de les més joves de l'RHT, de pell bruna i cos esvelt. També havia arribat un dia a la Fundació, amb la seva mare moribunda, sense res, i després es va voler quedar a col·laborar, a donar un cop de mà, perquè d'altres com ella aconseguissin el mateix.

La Lakshmi era l'última baula d'aquesta cadena, fins ara.

—Pregunta si algun dia et podrà visitar, volant per l'aire.

—Digues-li que sí, quan hagi crescut i s'hagi fet gran.

La noia li ho va dir. La nena índia no havia perdut el seu costum d'agafar-se a la mà de la Sílvia. Encara estava molt dèbil i portava l'ull operat embenat, però aquell contacte era el seu punt de suport, de connexió amb l'esperança. La seva veu era un xiuxiueig cristal·lí, el nou cant d'un ocellet disposat a obrir les seves ales.

—Diu que, quan pugui, et teixirà una estora.

—No —la Sílvia va fer que no amb el cap—. Si un dia teixeix una estora, que sigui un motiu d'orgull, una festa. El que ha fet fins ara no compta. Va ser un malson.

La traducció va ser ràpida, el mateix que la resposta.

—Diu que serà un regal.

—Llavors d'acord —va sospirar, rendida.

La van convèncer que la Sílvia havia d'anar-se'n, a treballar, a tenir cura d'altres persones, nenes com ella. La Lakshmi finalment li va deixar anar la mà i ja no mostrava cap mena de por. El canvi havia estat brutal. Arrabassada de les urpes de la mort i llançada al cel. Ella també trucava a les seves portes.

La Sílvia va deixar l'ala de l'hospital en la qual es recuperava la seva protegida. Va fer drecera per l'esplanada amb el cap ple de pensaments. Li quedava un munt de coses per fer abans de posar tota la roba a la maleta i començar a acomiadar-se. No sabia com s'ho faria per poder amb tot. A més, els comiats sempre eren dolorosos. Els avorria. Eren necessaris però els avorria. Sempre acabava plorant algú i l'arrossegava, amb la seva llàgrima fàcil. Si plorava als campaments d'estiu de la seva infantesa, on anava a passar-ho bé, com no ploraria aquí, després d'unes setmanes tan intenses fent un pols constantment a la vida i a la mort?

I li quedava el pitjor i més llarg del camí, fins a Pashbar.

De quina manera s'acomiadaria d'en Mahendra?

Tenia el seu nom al cap quan es va aturar en sec.

El cotxe corria per la carretera; corria a tota velocitat, aixecant un núvol de polseguera que s'alçava surant com si fos una boira ocre. No en va tenir cap dubte: era el Packard que sempre conduïa en Pankaj, únic, inconfusible. Tan sols que en Pankaj mai no hauria anat tan de pressa. Si no fos que alguna cosa greu...

Es va estremir i va reaccionar davant del crit del seu instint.

—Mahendra... —mussità.

Va vacil·lar dos o tres segons, el temps que va trigar a comprendre que no s'equivocava, que succeïa alguna cosa més que greu, mentre el vehicle feia sonar el clàxon i frenava gairebé en sec en arribar a l'hospital.

La Sílvia es va posar a córrer.

Van arribar abans la doctora Roca i dues de les noies, alertades per l'aldarull i disposades ja per a l'emergència. En Pankaj va saltar del seu seient, va obrir la portella del darrere i va provar de treure a la desesperada un cos abatut i inerme. Va dir alguna cosa, que l'havia trobat al terra, que no sabia què havia passat ni quan. Les veus es van barrejar llavors amb una primera visió de la sang.

—Mahendra! —va cridar la Sílvia, desencaixada, corrent cada cop més.

* * *

No l'havien deixat entrar. No a ella, en el seu estat. El quiròfan, encara que precari, gaudia d'un cert aïllament, les mesures justes i suficients per evitar la contaminació exterior. Hi havia en Mahendra, l'Elisabet Roca i en Llorenç Giner, així com una de les cooperants franceses i una de les infermeres índies.

A fora esperaven en Pankaj i ella, a més d'en Leo, que provava de tranquil·litzar-la.

—Au, va, calma't.

—És culpa meva.

—Però què dius?

No li ho volia explicar, però li cremava a l'ànima.

—Deixa'm, vols?

—Ni t'ho pensis.

—No tens res millor a fer?

—Ara, no —en Leo va ser categòric.

Li ho va agrair. En el fons, li ho va agrair. El cap li feia voltes. No aconseguia apartar de la seva ment aquella imatge trencada, desmuntada, el cos d'en Mahendra en els braços d'en Pankaj, la profunditat de la ferida al cuir cabellut, la profusió terrible i sempre escandalosa de la sang...

Es va moure endavant i endarrere, endavant i endarrere, incapaç d'aturar-se, sotmesa a la major de les pressions, formulant-se tants perquès que no li cabien a l'ànima.

—L'estimes?

La pregunta la va travessar. Estava buida, així que va ser com passar a través d'una opacitat enorme en la qual tot s'esvaïa. Va mirar en Leo per comprendre que parlava seriosament.

—No! —va cridar.

—Llavors...

—Com pots pensar això?

—Tot aquest temps, a casa seva. No ho sé.

—Som amics!

—Com tu i jo?

El quid de la qüestió. La pregunta en realitat era aquella. La Sílvia va sentir que se li accelerava la sang. Ja n'havia ferit un, ara no volia ferir l'altre. La resposta, no obstant això, li va fluir dels llavis amb tanta seguretat com dolçor.

—Doncs, és clar.

Amics.

Va aixecar la seva mà dreta, la va col·locar a la galta dreta d'en Leo i li va fer un petó a l'esquerra.

Suficient.

* * *

Va ser l'hora més llarga que recordava haver passat en molt de temps. Una hora silenciosa després del petó a en Leo i la pau generada amb aquell gest, però expectant i prenyada de mals presagis pel fantasma negre que sobrevolava els seus caps. En Pankaj era una màscara. Amb la roba banyada de sang, no apartava els ulls del terra, immòbil. Si resava, ho feia per a si mateix. La seva vida, el seu destí, estava indefectiblement unit al del seu amo, tot i que la seva actitud mai no hagués estat servil, sinó la d'un pare a l'ombra, un germà callat, un amic discret, el servidor fidel que cuidava i protegia en cos i ànima l'hereu d'una dinastia a la vora de l'ocàs.

L'àngel de la guarda, com va evocar la Sílvia la nit abans.

Quan en Leo se'n va haver d'anar per atendre les seves obligacions, la Sílvia s'hi va acostar.

Li va posar una mà sobre les seves.

—Pankaj...

L'home va enfonsar el cap una mica més.

—Et va dir alguna cosa ahir a la nit o aquest matí?

—No el vaig tornar a veure, senyoreta. Se'n va anar al llit mentre jo l'acompanyava a vostè cap aquí. I aquest matí, pensava que dormia o que treballava. No m'ha cridat per a res. Si té la porta del despatx tancada és que no desitja que el molestin. He hagut de fer unes gestions i he estat fora de Pashbar. Quan he tornat, ja que era molt tard, l'hora de dinar, he pujat a preguntar-li què volia que li preparés, si es banyaria...

—Com...?

—No ho sé, no ho sé —va repetir espantat.

Va reaparèixer el silenci i s'hi van enfonsar junts al llarg d'un grapat de minuts més.

Fins que es va obrir aquella porta.

Es van aixecar de cop, alhora, en veure l'Elisabet Roca al llindar. La doctora no va deixar que miressin l'interior del quiròfan. Va tancar la porta darrere seu. La primera mostra d'alleujament la van trobar en el seu somriure.

—Viurà, és fora de perill —els va dir.

En Pankaj va pronunciar una paraula que no van entendre. La Sílvia es va posar les mans a la cara i va sufocar un crit.

—De tota manera, haurà de passar quaranta-vuit hores més en observació. Els cops al cap sempre són dolents i podrien sorgir complicacions —els va tranquil·litzar immediatament—, que, per descomptat, no espero. La ferida era neta. En Llorenç li està fent els tocs finals. D'aquí a uns dies no serà res més que un mal record.

En Pankaj va voler fer-li un petó a la mà. L'Elisabet Roca li ho va impedir. Li va agafar la seva i la va estrènyer amb calidesa. El rostre del criat estava inundat d'albades.

—Au va, au va, que podia haver estat pitjor i al final no ha estat res —els va calmar una mica més—. Aquests cops sempre són aparatosos, encara que sent una persona jove i amb bons reflexos de segur que en caure ha atenuat prou el cop.

A la Sílvia se li va tallar la respiració.

—En caure? —vacil·là.

—Tot fa pensar que ha relliscat o que ha ensopegat amb alguna cosa, per la forma de la ferida i el tipus de contusió...

—Llavors no s'ha...?

L'Elisabet Roca la va mirar amb les celles enlaire.

—No s'ha què?

—No ha provat de... suïcidar-se? —va completar la frase.

—En Mahendra? —la sorpresa de la doctora no va tenir límits—. Per descomptat que no, reina; per què hauria de fer una estupidesa com aquesta?

Es va sentir ridícula. Alleujada, però ridícula.

L'última pàgina del seu drama, de la seva novel·la índia, es convertia en la cosa més vulgar: un accident.

Feliçment vulgar.

—Oh, Elisabet —es va deixar tornar a omplir per l'emoció, però ara plena d'un alleujament absolut que la va impulsar a llançar-se en braços de la dona amb la mateixa intensitat o més que ho havia fet quan es va aixecar i pactar amb ella el futur de la Lakshmi.

Capítol dinou

La còpia impresa del correu electrònic de l'Artur li tremolava a les mans. Tant que, quan va començar a llegir-lo, es va embarbussar, incapaç d'assimilar les paraules, va haver d'aturar-se, respirar i tornar a iniciar-ne la lectura.

«Sílvia, el teu correu m'acaba d'ajudar a veure les coses més clares, i perdona que hagi trigat a respondre't, però no vaig tenir més remei que escapar-me, evadir-me aquests últims dies d'estiu, i no l'he llegit fins que he tornat a casa. Ha estat un xoc, despertar després d'un malson. Ja sabia que he estat un idiota total. Ho sabia, però sempre és dur reconèixer els errors d'un mateix. Aquest estiu ha estat espantós sense tu. Per primera vegada he sentit el que és el buit, el no-res més absolut. Estava amb els amics o les amigues, però no podia escoltar-los sense que em provoquessin dolor o pena. De cop em semblaven insulsos, sense ànima. He provat de no parar, de divertir-me, però sense tu no és el mateix. Diuen que t'adones del que tens quan ho perds. Jo sé que no t'he perdut, però he estat a punt. Estimada, si tu ets Miss ONG jo sóc Mister Imbècil o el Campió Mundial dels Estúpids. Fa falta tenir molt de valor per fer el que tu has fet, desafiant els teus pares, intentant demostrar-me que la felicitat i la llibertat passen per la comprensió i el suport dels que t'estimen. Suposo que la ràbia és mala consellera de l'amor. La ràbia va unida a la impotència. Volia retenir-te, però ets com el vent i com l'aigua: cap mà és capaç d'atrapar la seva essència. Sentia enveja d'aquests nens o adults als quals t'has donat aquest estiu. Pensava que jo i només jo mereixia el regal de la teva veu i del teu somriure, les teves carícies i els teus petons. Ara no sé si en tens prou amb el fet que et demani perdó.

Saps, amor meu? M'ha agafat la dèria d'escriure poesies. Com ho veus? Jo, el futur economista, amb el cap sempre ple de números, he renascut convertit en poeta. Però és que han estat tantes nits de solitud, tants pensaments torturats, unes vegades pel teu silenci i d'altres per aquests fragments que m'has enviat des de la distància. El teu últim correu deia que aquí les coses succeeixen molt ràpides i que, de vegades, resulten inexplicables. Deies que pensaves que eres forta i un dia t'ensorraves i creies que eres dèbil i llavors treies forces d'on no sabies que les tenies. Deies, per últim, que estaves descobrint que no tenies límits. Aquestes frases em van fer comprendre encara més la naturalesa de la teva dedicació. Amagaven tanta alegria i tant de dolor alhora, però sobretot tant de tu, del teu coratge! Quan tornis, vull que riguis i ploris amb mi, no sola. I que cantis sense arribar a sofrir com exposes abans de preguntar-me si tens la meva mà.

La tens, Sílvia. Si encara hi sóc a temps, la tens. La meva mà i tot el meu ésser. Ho entendré, si passes de mi. Et vaig fallar en el moment més important. No sé com podré compensar-te les males estones que hagis pogut passar aquestes setmanes. Però t'estimo. D'això no en pots dubtar. Un dia vam dir que això nostre era especial, diferent; i m'hi aferro.

Ja t'he dit que sí, que t'estimo, ara..., t'explico com estic, què penso? Doncs estic destrossat i penso que sóc una merda. De quin color és el nostre cel? Del que tu vulguis, del que trenem des d'ara, del color de l'arc de Sant Martí i de llum pura. La teva última pregunta és molt simple i la resposta també: sí, trucarem a les portes del cel, com va dir en Dylan i, si cal, ho farem donant cops.

Si em perdones, sóc aquí.

T'estimo.

Artur.»

La Sílvia va comprovar l'hora, quant feia que estava penjada de l'aparell? Encara que la trucada era de cobrament a destinació, no volia monopolitzar el telèfon, per si de cas. Ja s'havien dit tot el que s'havien de dir, i més quan la tornada ja era imminent i al cap de dos dies seria a casa.

—Mama, hi ha una cosa de la qual et vull parlar i que és molt important —va aconseguir intercalar.

—Què és?

—Li han de donar una beca a un tal Leonardo Martín Acosta. Bé, la qüestió és que la beca ja la té, però pel que es veu passa alguna cosa i no la hi volen renovar o hi ha problemes. Te'n donaré els detalls quan torni.

—Qui la hi ha de donar?

—És el que hauràs d'aconseguir tu.

—No t'entenc.

—És molt senzill. Aquí hi ha un cooperant, com jo, que és un geni en el seu camp, l'oftalmologia. Però té principis, idees pròpies, i ja saps que això no és bo per als qui manen. És a punt d'acabar la carrera però li tallaran l'aixeta, em segueixes?

—I què vols, que jo...?

—El que no aconsegueixi la Cristina Olivella no crec que ho aconsegueixi ningú. Però encara que no ho aconsegueixis, en Leo acabarà la carrera igualment perquè llavors et convertiràs en una persona altruista que finançarà aquesta beca, d'acord?

Ho va dir en un to que no admetia rèplica.

—Qui és aquest Leonardo?

—Un amic.

—I prou?

—El millor.

—I això significa...?

—Significa el que t'he dit i no pensis res més perquè no van per aquí els trets. Com t'acabo de dir, només és un amic, però dels de veritat, dels que et trobes aquí. No deien que en la guerra només et pots fiar del teu company? Doncs en aquesta guerra ell és el company perfecte. Jo estic enamorada de l'Artur i ell de mi. Tot això ens ha anat bé per descobrir què som i què volem.

—Me n'alegro per tots dos —va sospirar la seva mare.

—Ah, i molt important! —va recordar una cosa—. En Leo no pot saber que jo sóc al darrere de tot això, d'acord? Ni jo, ni tu, ni el papa... Se li ampliarà la beca perquè acabi la carrera i punt.

—Per què no vols que ho sàpiga? És orgullós?

—No es tracta del seu orgull, sinó del meu. Hi ha uns manaments del bon cooperant, saps? Crec que te'ls llegiré quan torni. Diuen coses com ara: «No ajudaràs qui no s'ajudi a si mateix»; «et convenceràs que la finalitat del cooperant és desaparèixer»; «acceptaràs que la meta no és ser estimat pels pobres»... El que és important, mama, no és el que es dóna, sinó com es dóna.

—Hem de parlar molt quan tornis —li va confessar la dona.

—No és l'única qüestió que queda pendent —la Sílvia va anar al gra—. Ara li toca al papa.

—No és a casa, bonica.

—Merda... —va rondinar.

—Et veig molt..., no ho sé..., combativa —va vacil·lar la seva mare.

—N'estic —va somriure—. Però no pateixis, s'han acabat les baralles. He de parlar amb ell per preparar-lo, per dir-li el que vull fer quan arribi i en el futur. I t'asseguro que, si no li agrada, ho sentiré, però és la meva vida i no discutiré més, ni el provaré de convèncer.

—No crec que calgui —va dir la Cristina Olivella.

—Ah, no?

—Ahir, a la nit, vam parlar molt, tots dos, gairebé ni vam dormir —es va produir una lleugera inflexió, com si per la línia sorgís un recés de pau molt embolcallador—. Va dir que aquests mesos sense tu han estat els pitjors de la seva vida perquè, disputes al marge, tu i el teu germà sou la seva vida i tu, a més a més, ets la nineta dels seus ulls, encara que sembli que la feina el tenia sempre acaparat i que el seu caràcter fos el d'un negrer.

—Ha estat un negrer, mama —la va interrompre.

—No diguis això.

—Què més va dir ahir a la nit?

—Finalment, entén el que has fet i et respecta per això. Comprèn que tens dinou anys, un caràcter fort, una personalitat acusada, que sempre vas voler ser metgessa, no per obligació ni per seguir els nostres passos, sinó per passió pròpia. No ha estat d'acord amb això que te n'anessis tan lluny, per por, però t'ha valorat cada vegada més i ara, fins i tot, comença a canviar ell mateix, a acceptar que la medicina actual... No sé, és com si hagués tornat als seus orígens. Sempre va voler ser un modern Frankenstein, és el que li agrada, però aquesta última setmana ha estat treballant amb mi, no a la seva clínica, recomponent les cares de les persones accidentades i no precisament riques, de les que poden pagar, sinó tot el contrari. Gent de la Seguretat Social que demanava recomposicions facials complicades i coses així. Ja saps que és el millor en això.

—El papa treballant per a la Seguretat Social? —no s'ho podia creure.

—El que sents. En el fons és com un arqueòleg que

troba una tomba plena de meravelles. Un rostre trencat que ajuda a recompondre, os a os, per a ell significa el mateix. És un mag. I em va confessar que havia oblidat aquest esperit, que l'havia perdut en algun lloc del seu camí. Així que, si l'ha retrobat, és gràcies a tu.

Es va haver de repenjar a la taula.

Potser no hi hauria cap baralla, ni tan sols una gran tempesta.

—Bé, això m'ajuda —va sospirar llargament.

—A què?

—Hi haurà canvis, mama.

—M'ho imaginava —el to no va ser dolorós, només comprensiu.

—Compto amb tu?

—Comptes amb tots dos, reina.

Finalment una porta oberta.

Seria una tornada molt intensa, l'Artur, el seu pare, els seus nous plans... Viure.

—Quan puc trucar per parlar amb el papa? —va ser la seva última pregunta.

* * *

En Mahendra tenia el cap embenat i un ventilador petit als peus del llit, per remoure l'aire. Si més no, atès que aquelles terres eren seves, disposava d'una certa comoditat, una habitació pròpia. La penombra feia que l'embenatge blanc, tan aparatós, fos més ostensible. Feia l'efecte de ser un turbant al qual únicament li mancava un fermall per fer-lo més solemne. Quan la Sílvia va tancar la porta, en Pankaj es va quedar a l'altra banda fent la seva guàrdia impenitent.

El ferit va somriure quan la va reconèixer.

—Hola —la va saludar primer.

—Com estàs?

—Tinc el cap dur —va dir el més normal en aquells casos—. Bé.

—M'han donat permís per estar aquí cinc minuts.

—Només?

—Sí, ho sento. No t'has de cansar.

—Tu no em canses.

La Sílvia li va agafar la mà. La va estendre sobre la seva i li va acariciar els dits.

—Ens vas donar un bon ensurt —va manifestar.

—Vaig relliscar, t'imagines? Mai no m'havia sentit tan estúpid.

—Li pot passar a qualsevol.

—No a mi —es va burlar de la seva noblesa—. Quan te'n vas?

—Demà, havent dinat. Dormiré a Mysore i l'endemà a Bombai i a Barcelona. Però no me n'aniré sense acomiadar-me, no pateixis.

—Tot ha passat molt de pressa, oi?

La dimensió de les coses les donava el temps, però no el real, el que transcorria mentre un les viu, sinó el posterior, el temps en el qual una persona s'atura i mira enrere. La perspectiva sempre és la mateixa: rapidesa.

—Sí —va reconèixer ella.

—Vull que sàpigues que et dec molt, Sílvia de Barcelona.

—No siguis ximple.

—Tant de bo et quedessis aquí.

—Tornaré.

—Ja no serà el mateix. Un any és molt de temps.

—Depèn de per a què.

—«El temps és massa lent per als qui esperen, massa ràpid per als qui tenen por, massa llarg per als afligits, massa curt per als alegres, però, per als qui estimen, el temps és una eternitat», va dir algú, una vegada.

La Sílvia li va prémer la mà. Li quedava una cosa per fer i no volia plorar.

—Per a mi, el temps és el que et dóna la vida per complir les teves esperances —va desgranar a poc a poc.

—Has canviat.

—Ja ho sé.

—L'Índia és poderosa, oi?

—T'obliga.

—A què?

—A tot, però especialment als qui venim aquí com he vingut jo, a prendre decisions, a enfrontar-nos a la vida i, en el meu cas, m'ha obligat a ser jo mateixa.

—Llavors tu ets com l'Índia —va dir en Mahendra—. Sortiré de Pashbar, obriré la casa de Mysore, potser viatjaré una mica, per la regió, pel país. I això no ho hauria fet sense tu —la seva veu estava carregada de matisos—. Vull viure, Sílvia. Si hi ha hagut una oportunitat per a mi, pot ser que n'hi hagi una altra.

—Llavors anem a l'una —li va confessar ella—. La teva companyia aquestes setmanes, el teu afecte...

—Afecte és una paraula massa insignificant per descriure el que sento.

La Sílvia va tornar a recordar aquella frase: «No estem fets del que som, sinó d'allò que ens falta per completar-nos, d'allò a què aspirem».

Al capdavall, el que completava els éssers humans gairebé sempre era el mateix: l'amor.

—Vull donar-te una cosa.

—Què és?

En Mahendra no s'ho esperava, així que l'acció de la seva visitant el va sorprendre. La Sílvia es va inclinar cap a ell, va entreobrir els seus llavis, va tancar els ulls amb tendresa i el va besar, a poc a poc, amb entrega, obligant-lo a superar la sorpresa i reaccionar. Ella va notar com es relaxava, la manera com, després de la rigidesa inicial, donava pas a la dolçor. Els seus llavis també es van entreobrir per rebre-la.

El seu temps, llavors, va deixar de comptar una breu eternitat.

* * *

L'últim dia, l'últim vespre.

Li quedaven els terribles comiats, de cooperants i infermeres, d'amics i amigues, de persones tan singulars com la Viji...

Sentia l'aclaparador pes de la nostàlgia tant com l'alegria de la tornada. El seu cor estava dividit. La seva ment també. Mirava cap enrere i ja no veia els morts pels quals no havien pogut fer res a l'hospital, sinó els vius als quals havien obert les portes del futur. I per aquells morts, encara es lluitava més, en la seva memòria. Veia totes les Sahires perdudes, però també totes les Lakshmis recuperades. La Fundació, amb la seva obra social i la xarxa d'hospitals i dispensaris que treballaven amb ella, era un símbol. El món sempre seria un lloc pervers i cruel en el qual s'extingirien espècies i s'atemptaria contra la naturalesa, en el qual el poder s'imposaria a la raó, en el qual els interessos d'uns pocs atemptarien contra la vida i la llibertat de la resta, amb polítics mentiders o corruptes, dictadors sanguinaris, bogeries de tot tipus, sobretot religioses. El món suportava dos mil anys de bogeria sostinguda i el mateix succeïa abans de l'any zero. Però, en aquest món, no hi faltarien persones dedicades a les altres, a pal·liar, encara que fos mínimament, el desastre de l'egoisme i l'avarícia, l'estupidesa i la intolerància. Persones com l'Elisabet Roca o en Llorenç Giner, com en Leo.

Potser, algun dia, com ella mateixa.

Encara no estava segura de poder aspirar a tant.

—En què penses? —li va preguntar la doctora.

—Oh, ho sento, m'havia quedat encantada.

—Quan una dona es queda encantada als dinou anys, és perquè pensa en un home.

—Doncs no pensava en cap, només en això, que sembla que va ser ahir, que vaig arribar.

—Has fet una bona feina —va ponderar l'Elisabet Roca.

—De debò?

—Saps que sí, no cal que t'ho digui.

—No n'estava segura, de veritat. De vegades...

—De vegades has sentit que flaquejaves. De vegades has plorat d'impotència. De vegades... Creus que no em passa exactament el mateix i porto aquí tota la vida?

—Ho sap, oi, que tornaré?

—És possible.

—I quan acabi la carrera...

—No corris tant, calma. Si no vius primer la teva pròpia vida, no podràs donar-ne una part als altres.

—Sé el que vull.

—No ho dubto. Però saber el que vols ara no és el mateix que acceptar el que voldràs quan arribi el moment. També fa falta gent allà, lluitant pels que som aquí. Necessitem diners, mitjans, comprensió.

—Ho entenc.

L'Elisabet Roca li va agafar la mà.

—Et puc fer una pregunta personal?

—Sí, és clar.

—Per què et pensaves que en Mahendra s'havia suïcidat?

—Perquè sóc una ximpleta romàntica.

—S'ha enamorat de tu?

—No ho sé. És probable que ni ell mateix ho sàpiga. De vegades ens enganyem i creiem coses que no són. De la mateixa manera que jo em vaig sentir fascinada per la seva aurèola, la seva personalitat, la fantasia que representa, pot ser que ell se sentís fascinat pel que jo represento, l'occidentalitat, el fet de ser una dona diferent de les d'aquí, la meva manera de ser —va arronsar les espatlles—. És un home singular. Saps que té un banc i que ofereix microcrèdits?

—Sí. El cert és que té un gran cor.

—La mort de la seva esposa i dels seus fills el va convertir en una persona diferent, és clar. La seva part índia el fa ser com és i la seva educació occidental l'obliga a actuar com actua. Si més no, he aconseguit que surti de Pashbar i torni al món.

—Així que podrem navegar una altra vegada pel llac.

—No sé si arribarà a tant —va admetre la Sílvia—. Això ho parlarem l'any que ve.

—I en Leo?

—Què passa amb en Leo?

—Heu acabat sent carn i ungla.

—No sé què hauria fet sense ell.

—També li has tornat una mica de vida. Ets bona, en això.

—Oh, sí! —va gemegar.

—Tens bellesa a l'ànima, Sílvia —li va confiar la doctora—. Sempre has cregut que atreies pel teu físic, però això no és cert. O si més no, si ho és d'entrada, el que compta és el que ve després. El físic és una màscara, una pantalla darrere la qual ens ocultem, ens protegim o de la qual ens servim per actuar davant dels altres. No importa ser guapa o lletja. Importa com et sents i com et percep la resta de la humanitat. Hi ha persones atractives idiotes i se'ls nota en un tres i no res. Però la llum d'un rostre va més enllà de la bellesa. És un far, actua de reclam. Després hi arribes i pot ser que estigui dalt de tot d'un cim rocallós i inaccessible. La teva llum és diàfana, Sílvia. T'ho he dit: surt de l'ànima. Sempre enamoraràs, però el que és essencial és retenir, i tu ho faràs perquè ets una bona persona. Després mantindràs aquest amor perquè el teu fons és el que compta. I deixa'm que et digui una cosa, estimada Sílvia: no perdis mai la teva innocència.

—Se suposa que he de madurar, no? —estava vermella per tot el que li acabava de dir la doctora.

—Una cosa és madurar i una altra canviar fins a tornar-se tanoca o creure que un ha d'actuar segons la seva edat. Quina bajanada! Ser innocent no significa quedar-se enrere, ancorat en la joventut. Des de quan els ideals s'han de perdre o s'han d'oblidar amb els anys? La innocència és el que ens diferencia de la complexitat d'aquest món. La majoria de les coses són senzilles, però les compliquem. Només des de la innocència podem creure, somniar, esperar i actuar.

Es va sentir aclaparada.

Massa, per saber què dir després de tot allò.

—Gràcies, Elisabet.

—Potser te les hem de donar a tu.

Parlava en plural. I plena de misteri.

—El doctor Giner i tu?

Va aconseguir sorprendre-la. El seu somriure, a més, la va trair.

—Com ho saps...?

—Us vaig veure l'altra nit, i no parlant, precisament.

L'Elisabet va deixar anar una sonora riallada. Ni un pensament de vergonya va alterar les seves faccions o va trair la seva veu.

—Ets un cas...! —va protestar—. Ets una tafanera, saps?

* * *

En Leo es va repenjar a la porta del bungalou i es va plegar de braços. No hi havia gaire cosa per recollir, però la Sílvia ja ho estava fent, per si de cas al matí alguna emergència li ho impedia. Qualsevol cosa era possible fins a l'últim moment.

—Puc plegar la teva roba interior, si vols —es va oferir.

—No cal.

—Era per veure de quin color és.

—Llavors no hi ha cap secret, veus? —li va mostrar diverses calcetes molt lleugeres, de colors vius algunes, i unes altres més apagats.

—Això no es fa, i menys l'últim dia —va protestar ell.

—No haver dit res.

—Per descomptat, no ets una noia bleda i maula, de les que s'escandalitza per coses així.

—Si ho havia estat temps enrere, aquestes ximpleries aquí m'han passat de cop. De tota manera, has vist tot això penjat quan s'assecava, oi que sí?

—No me'n donaràs una de record, eh?

—La vols? —la hi va oferir.

—Tens una cara...

Es van posar a riure. En Leo no es va moure d'on era i la Sílvia va guardar la seva peça de roba íntima a la bossa. La seva conversa picant va morir en aquell punt, en terra de ningú. El noi va continuar observant-la i ella es va deixar observar.

No podia fer res.

Va recordar les paraules de la doctora Roca.

Si en Leo havia caigut...

—Ens veiem allà?

—Sí, és clar, en cotxe només són tres hores o menys.

—Però tu estaràs amb ell.

—És possible.

—Llavors m'esperaré fins l'any que ve. Aquí el mateix dia a la mateixa hora?

Era una pel·lícula. N'havien conversat una nit. Una parella es coneixia en un hotel una nit, s'enamoraven i ja que tots dos estaven casats quedaven a veure's al cap d'un any el mateix dia. Un any després es retrobaven i continuaven tan enamorats que decidien mantenir el ritual. Així passaven els anys, una bona part de les seves vides i, a través dels seus encontres puntuals, es veia la seva evolució, els canvis en les seves existències i en l'esdevenir social, del país mateix.

—Seré aquí —li va prometre.

—M'agradaria dir-te que no fallaré, però ara mateix... —en Leo va entristir el rostre encara una mica més del que ja ho estava per la seva partida—. D'aquí a dues setmanes, quan torni, potser estic sense res, penjat, sense cap possibilitat de seguir, amb la carrera per acabar...

La Sílvia s'hi va apropar.

—T'anirà molt bé, de segur.

—Tu ets molt optimista.

—Tinc un pressentiment —li va prémer el braç amb la seva mà.

—En aquest cas...

—Saps que el meu instint funciona.

—Així que arribaré i tot s'haurà solucionat —ho va dir en pla final de pel·lícula de Disney.

—Has de tenir confiança.

—En què?

—D'entrada, en tu mateix. Tens una estrella —va

assenyalar un punt invisible sobre el seu cap.

—Tant de bo tinguis raó.

—Què t'hi jugues?

—Un sopar l'any vinent, però tu i jo sols, íntim.

—D'acord.

I la Sílvia ho va fer. El va abraçar.

Entre aquest contacte, dens i fort, va escoltar la veu del seu amic, sorgint del fons del seu ésser.

—Això quedarà molt buit sense tu.

La Sílvia el va estrènyer amb totes les seves forces i va deixar que ell l'acariciés, la sentís.

Tal vegada era un regal molt petit, però era tot el que li podia oferir.

* * *

Només li quedava allò.

Parlar amb el seu pare. Ho podia fer quan arribés i per descomptat que ho faria, però necessitava dir-li-ho abans d'anar-se'n, sense veure-li la cara ni els ulls, sense sentir-lo tan a prop per fer que tornés a sentir-se com una nena temorosa. A casa seva sempre jugaria en camp contrari.

I volia tancar aquell capítol.

—Papa!

—Hola, princesa!

—Torno demà. Demà passat ja seré aquí.

—Ja ho sé. Vindrem a buscar-te a l'aeroport tots, fins i tot en Jordi.

—No m'ho puc creure.

—Doncs, creu-t'ho. Està com una seda.

—De debò? Llavors, li va bé que jo m'estigui fora.

—No siguis ximple —va protestar ell—. Tot i que sí que és cert que aquest estiu ha fet un salt qualitatiu. S'ha vist sol per primera vegada a la seva vida.

—De vegades la solitud convé. T'has d'enfrontar amb tu mateix.

—Tu no has estat precisament sola. La teva mare m'ha parlat d'un Leonardo.

—És un amic i prou. Necessitava que se li aparegués la seva fada.

—I has estat tu.

—Ja ho veus.

—No hi ha més sorpreses?

—Truqueu a l'Artur. Em sembla que també s'apuntarà per anar a l'aeroport.

—Llavors...

—Sí, ens estimem.

—Per haver estat tan lluny no has perdut el temps.

—Papa... —es va mossegar el llavi inferior, una mica espantada.

—Digues-m'ho d'una vegada —la va convidar el seu pare, demostrant-li que la coneixia massa bé.

—Potser... —per què havia dit «potser»? No era una possibilitat, sinó una certesa. Estava decidida—. Aquest any em buscaré un apartament per... Bé...

—Tens el pis de l'àvia. Encara és buit. A ella li hauria encantat, i és molt a prop de casa.

Cap crit. Cap protesta. El seu pare fins i tot li suggeria...

Allò sí que era increïble.

—No penses... enfadar-te?

—Jo? Per què?

De vegades no els entenia. I d'altres...

—T'estimo, papa.

—Jo també, ja ho saps.

—Encara que sigui una Prats tossuda i obcecada?

—Més aviat, precisament perquè ets una Prats tossuda i obcecada.

—Llavors vull que sàpigues que et demanaré una cosa més.

—M'he de posar a tremolar?

—Vull que l'any que ve, quan torni aquí, em prometis que la mama i tu vindreu almenys una setmana, només això.

Es va produir un silenci a l'altre extrem de la línia telefònica.

Va tancar els ulls i es va estremir. Estirava massa la corda. Un pis per ser lliure, la comprensió del seu pare, i ara allò.

—Papa?

—Tu tens més valor que jo per a aquestes coses, Sílvia —va reconèixer amb honestedat—. Sempre has volgut canviar el món, mentre que jo em sento de l'altre bàndol, dels que han perdut, dels que han estat canviats pel món.

—Mai no t'he demanat res, papa. M'agradaria que entenguessis...

—I si és tard? —va aturar la seva vehemència.

—No ho és, això és el meravellós de tot! Mai no és tard! Si coneguessis la doctora Roca i el doctor Giner! Són més grans que tu!

—Picasso va dir: «Mai no és tard per tenir una infantesa feliç».

—I és veritat!

El sospir del seu pare va sonar igual que una brisa molt llunyana.

—Ja en parlarem a casa, d'acord? —va exclamar mostrant una mica de pesar.

—Digue'm que ho consideraràs.

—T'ho prometo.

—De debò?

—He estat a punt de fer aquest viatge des del dia que te'n vas anar, filla. Molt a punt. Unes quantes vegades; per veure't i també per saber per què tot això era tan important per a tu.

Ara sí que es va emocionar.

Atrapada.

—Gràcies, papa.

No volia plorar. Es va mantenir ferma. Ja prou que ho faria a casa, potser. O potser no. Tampoc no hi havia motius.

Va recordar una altra frase, una més.

«El paradís és la capacitat que tenim que els somnis es facin realitat».

La vida tenia quelcom de fantàstic: havia de passar per ella, sense fer-se enrere.

Havia de viure-la. I ho estava fent.

Crèdits i agraïments

L'1 de juliol de 2003 la cooperant espanyola de 22 anys, Ana Isabel Sánchez Torralba, natural d'Ocaña, Toledo, va morir cosida a trets quan circulava per la carretera en un autobús, a tres quilòmetres de Mongomo, Guinea Equatorial. La seva destinació final era Aconibe, on anava a impartir durant l'estiu classes d'alfabetització a dones i nenes. Dues persones més també van resultar ferides. La cooperant morta feia un dia que era a Guinea, en la seva primera missió de voluntariat amb les Missioneres Escolàpies. Segons es va dir, el conductor del transport va passar darrere d'un taxi en alçar-se la barrera d'un control de l'exèrcit i això va fer que els militars el detinguessin i en fessin baixar tots els ocupants. Poc després l'autobús va continuar la seva ruta, però un dels militars, irat, el va seguir en un taxi, el va obligar a aturar-se i llavors va disparar indiscriminadament cap a la part del darrere del vehicle on hi havia l'Ana Isabel.

Aquest llibre va sorgir a conseqüència de l'impacte que em va causar aquella notícia. Cada any, centenars de cooperants i voluntaris de l'Estat espanyol treballen de manera desinteressada i altruista en els cinc continents amb un únic desig: ajudar qui ho necessita; un únic somni: fer un món millor; i una única esperança: que les coses canviïn. Aquest llibre està dedicat a tots ells.

Gràcies a les persones i entitats que m'han ajudat en la preparació de la història de manera directa o indirecta, sabent-ho o no sabent-ho. Per començar, Sílvia Noguer, en honor de la qual la protagonista es diu de la mateixa manera; Carmen de la Iglesia Vicario, Antonio José Hernández Corona, la Fundació La Caixa a través dels seus arxius i publicacions, Tomàs Martí Huguet per la seva obra: *La mirada etíope* (Editorial Flor del Viento, 2001), Víctor Viñuales (autor d'*Els 14 manaments del bon cooperant*), Deepak Vohra (ambaixador de l'Índia a Espanya), Elena Bravo Ruiz (que va aportar el terme *Miss ONG* repetidament citat en aquestes pàgines), a Bob Dylan per deixar-me el títol i, sobretot, a la Fundació Vicente Ferrer i a l'RDT (Rural Development Trust) d'Anantapur, dels quals m'he servit com a veritable inspiració per a crear l'àmbit en el qual es mouen els personatges de la novel·la. Per als qui vulguin saber-ne més o col·laborar en l'adopció de nens o altres funcions, el correu electrònic de la Fundació Vicente Ferrer a Barcelona és bcncentral@fundacionvicenteferrer.org, i a Anantapur: fvfisdn@sancharnet.in.

El meu record per a tots els que vaig conèixer en els meus diversos viatges a l'Índia: a Bombai, Aurangabad, Jodhpur, Udaipur, Jaipur, Ajmer, Agra, Varanasi (Benarés), Nova Delhi, Amristsar, Madràs, Bangalore, Mysore, Madurai, Mahabalipuram, Pondicherry, Chidambaram, Cochin, Trichy i molts altres pobles, els noms dels quals és difícil recordar.

El guió d'aquesta novel·la, que forma part d'un experiment literari que he anomenat Projecte RMK, va ser escrit a San Pedro de Majagua, Isla Grande (Parque Nacional Los Corales del Rosario y San Bernando), Islas de Rosario, a prop de Cartagena de Indias, Colòmbia; i el text a Vallirana, Barcelona, entre juny i juliol de 2004.